小故事中的大道理 成长版

徐井才◎主编

新华出版社

图书在版编目（CIP）数据

小故事中的大道理·成长版/徐井才主编.
—北京：新华出版社，2013.1（2023.3重印）
ISBN 978 - 7 - 5166 - 0307 - 9 -01

Ⅰ.①小… Ⅱ.徐… Ⅲ.①素质教育—小学—课外读物
Ⅳ.①G621

中国版本图书馆 CIP 数据核字（2013）第 008756 号

小故事中的大道理·成长版

主　　编：徐井才

封面设计：睿莎浩影文化传媒　　　　责任编辑：江文军

出版发行：新华出版社
地　　址：北京石景山区京原路 8 号　　　　邮　　编：100040
网　　址：http://www.xinhuapub.com
经　　销：新华书店
购书热线：010 - 63077122　　中国新闻书店购书热线：010 - 63072012

照　　排：北京东方视点数据技术有限公司
印　　刷：永清县晔盛亚胶印有限公司

成品尺寸：165mm × 230mm
印　　张：12　　　　　　　　字　　数：180 千字
版　　次：2013 年 3 月第一版　　印　　次：2023年3月第三次印刷
书　　号：ISBN 978 - 7 -5166 - 0307 - 9 -01
定　　价：36.00 元

目 录

第一章 拥有阳光心态让生活更精彩

相信自己是一种力量　　　2

对自己的目标充满信心　　　3

永不绝望　　　4

微笑着承受一切　　　6

Q版老师秀　　　7

李阳靠自信取得成功　　　8

你就是百万富翁　　　9

人生的试金石　　　10

小男孩和燕子　　　12

性格测试　　　14

我想赢，结果我赢了　　　16

成功，是心底热烈的渴望　　　17

幸福与距离有关　　　18

乐观的价值　　　20

搞笑百度问答　　　21

死去的蝴蝶　　　22

一面镜子　　　24

第二章 良好性格成就美丽人生

上帝保佑善良的人　　　26

滴水之怨　　　29

善于约束自己的老舍　　　30

最贵重的宝贝　　　32

明星小档案　　　33

努力克服自己的性格缺陷　　　34

世界上最伟大的女推销员　　　35

爆笑图片　　　36

发明为助人　　　38

Q版老师秀　　　39

从贫民窟"小黑蛮子"到大记者　　　40

一个世界级的吹牛大王　　　42

微笑是智慧的光芒　　　44

收起你的坏脾气　　　45

放轻松，浮上来　　　46

第三章 小习惯，大作为

播撒习惯收获命运 48

节省每一个便士 50

现在就去做 52

搞笑百度问答 53

做情绪的主人 54

一条蓝裙子就可以改变一生 56

性格测试 58

莫泊桑拜师 60

养成勤俭的习惯会让你受益终生 61

节俭的习惯要从小养成 62

明星小档案 63

不乱花一分钱 64

每一个细节都要追求完美 66

每天抽出10分钟 68

第四章 把学习当成一种乐趣

再晚的开始也不晚 70

受用无穷的经验 71

保持生活和学习的热情 72

"敢碰困难"和"肯学"的科学家 73

不断充实自己的专业知识 74

Q版老师秀 75

两次倒数第一之后 76

鲁迅成功的秘诀 78

爆笑图片 80

5分钟5分钟地去练习 82

霍金勤奋成大业 83

知识是最大财富 84

第五章 品质如玉形如兰

有残疾的女孩 86

你能得到多少分贝的掌声 88

其实就这么简单 90

我相信你 92

搞笑百度问答 93

高贵的舍弃 94

宝贵的平常心 96

我叫托马斯·杰斐逊 98

性格测试 100

善有善报 102

我的老总郭敬明 104

把浩瀚的海洋装进胸膛 106

明星·小档案 108

信守诺言的宋庆龄 109

没有人能独自成功 110

世界冠军交作业 112

第六章 点亮你的智慧之灯

策划的艺术 114

不够润滑别冲动 116

特别的面试 118

Q版老师秀 119

"玩"出来的精彩 120

"废物"让世界更美好 122

铁匠铺里有拉链 123

爆笑图片 124

安在大厦上的悬崖 126

铅笔的小背包 127

调出成功 128

小处关心大处惊人 129

主意在行动中变成现实 130

搞笑百度问答 131

只是舀了一杯水 132

第七章 快乐做人，和谐做事

你怎么看你自己 134

我的腿很短 136

两个女人一条腿的故事 138

明星·小档案 139

快乐第一，其余第二 140

感觉最幸福的不幸女孩 142

了解生活的艺术 144

世上最幸运的人 145

性格·测试 146

胡萝卜、鸡蛋和咖啡 148

艺术老顽童 150

让情绪引导成功 151

费曼的快事 152

卡耐基的赞美 153

不要吝惜微笑 154

Q版老师秀 155

快乐都是自找的 156

天才的秘诀 158

蚌与珍珠 160

第八章 用意志打磨你的成功

马拉松者村上春树 162

神奇的力量 164

明星小档案 165

"谎言"的力量 166

失去一条腿后 167

在逆境中升腾 168

爆笑图片 170

我的生命,我的舞 172

没有雨伞的孩子必须努力奔跑 174

打开另一扇门 176

勤奋智慧的人生 177

差点自杀的世界巨星 178

高空跳伞的体验 180

克尔的坚持 182

Q版老师秀 183

冬天不要砍树 184

你该转弯了 185

逼出来的爵士歌王 186

第一章

拥有阳光心态
让生活更精彩

相信自己是一种力量

著名影星成龙小时候家里很穷，为了维持生计，小小年纪的他便进了武行。后来他进了无线电视台的艺员训练班。有一天，他问自己："我就准备长期这么下去吗？我的目标是什么？"经过一段时间的思考，他找到了，自己的目标就是做一个武术指导。

有了这个目标之后，当人家在布景板后面偷懒的时候，他就去看武术指导是怎么策划一场动作的。那时候他的主要工作就是每天在片场扮死尸吓人。有一次，一场戏需要有个人从二楼上摔下来，导演刚刚说了一个"二"字，"楼"还没说，他就"嗒嗒嗒"爬上楼准备往下跳，武术指导看了看他，吼了一声："下来！"那时候他别提有多尴尬了。

经历了这件事，成龙心里渐渐明白了一个道理：即使你有真本事，但如果武术指导不了解或者不接受你，你就永远表现不出来。顿悟过后的他就想尽办法接近武术指导，帮他洗车、倒茶、抬凳子。有一天，武术指导忽然叫住成龙："这边有一个动作，你来。"就这样，年仅18岁的成龙成为了全东南亚最年轻的武术指导。

以前有很多演员只有一副漂亮的外表，而那些真正会功夫的人却没有办法做动作演员。而成龙在一个机缘巧合下，教一个演员做一个临死之前挣扎的动作，恰巧被这部戏的制片人看到了，制片人对他说："你不错，不如你做男主角。"就这样，成龙慢慢踏上了做男主角的道路。

当成龙成为男主角之后，他又对自己萌生了新的要求：自己写剧本。因为小时候家庭条件的限制，他没有接受太多的教育，他不怎么识字，更没有学问。他想，没有能力写别人的故事，那把自己写进去就行了。当他把自己在片场里面这么多年积累的经验总结出来的时候，他发现自己竟然能够写剧本，于是又萌生了做导演的念头。于是就出现了《A计划》、《警察故事》等一系列精彩的影片。

后来有人问及他的成功经验，他说："这么多年来，我相信自己，只要我做每一件事情都曾经努力过，将来就一定会成功的。"

我的成长秘笈

自信是一种力量，它不仅能使人保持良好的工作状态，而且还能够挖掘和放大自身的潜能，从而去创造生命的奇迹。

对自己的目标充满信心

威尔逊在创业之初，全部家当只有一台分期付款赊来的爆米花机，价值50美元。第二次世界大战结束后，威尔逊做生意赚了点钱，便决定从事地皮生意。如果说这是威尔逊的成功目标，那么，这一目标的确定，就是基于他对自己的市场需求预测充满信心。

当时，在美国从事地皮生意的人并不多，因为战后人们一般都比较穷，买地皮修房子、建商店、盖厂房的人很少，地皮的价格也很低。当亲朋好友听说威尔逊要做地皮生意时，都异口同声地反对。

而威尔逊却坚持己见，他认为反对他的人目光短浅。他认为虽然连年的战争使美国的经济很不景气，但美国是战胜国，它的经济会很快进入大发展时期，到那时买地皮的人一定会增多，地皮的价格就会暴涨。

于是，威尔逊用手头的全部资金再加上一部分贷款在市郊买下很大的一片荒地。这片土地由于地势低洼，不适宜耕种，所以很少有人问津。可是威尔逊亲自观察了以后，还是决定买下这片荒地。他的预测是：美国经济会很快繁荣，城市人口会日益增多，市区将会不断扩大，必然向郊区延伸。在不远的将来，这片土地一定会变成黄金地段。

后来的事实正如威尔逊所料。不出三年，美国城市人口剧增，市区迅速发展，大马路一直修到威尔逊买的土地的边上。这时，人们才发现，这片土地周围风景宜人，是人们夏日避暑的好地方。于是，这片土地价格倍增，许多商人竞相出高价购买，但威尔逊不为眼前的利益所惑，他还有更长远的打算。后来，威尔逊在自己这片土地上盖起了一座汽车旅馆，命名为"假日旅馆"。由于它的地理位置好，舒适方便，开业后顾客盈门，生意非常兴隆。从此以后，威尔逊的生意越做越大，他的"假日旅馆"逐步遍及世界各地。

我的成长秘笈

确定奋斗目标之后，只有义无反顾地走下去，才能尽快实现理想。动摇只会让自己多走弯路，甚至前功尽弃。

永不绝望

维克托·弗兰克什么也没有，只因为他是犹太人，就被投入了纳粹德国某集中营。

他被转送到各个集中营，甚至被囚禁在奥斯威辛集中营数月之久。弗兰克说他学会了生存之道，那就是每天刮胡子。不管你身体有多衰弱，就算必须用一片破玻璃当做剃刀，也得保持这个习惯。因为每天早晨当囚犯列队接受检查时，那些生病不能工作的人就会被挑出来，送进毒气房。

假如你刮了胡子，看起来脸色红润，你逃过一劫的机会便大为增加。

关在集中营里的人在每天两片面包和三碗稀麦片粥的供应之下，身体日趋衰弱。九个男人挤睡在宽三米的旧木板上，用两条毯子覆盖。半夜三更，尖锐的哨声便会叫醒他们起来工作。

一天早上，他们列队出去在结冰的地上铺设铁路枕木，同行的卫兵不停呵斥，用枪托驱赶他们，脚痛的人就靠在同伴的手臂上。弗兰克身旁的男人在竖起的衣领后低声说："妻子若是看见我们的模样不知道有何感想！我真希望她们在她们的营中过得好些，完全不知道我们的光景。"

后来，弗兰克写道：这使我想起自己的妻子。我们颠簸着前行，路程有数公里之遥，我们跌倒在冰上，彼此搀扶，手拉手往前。我们没有交谈，但心里都明白，我们都帖记着自己的妻子。

我偶尔抬头看天上，星光已逐渐稀微，淡红色的晨光开始从一片黑暗的云后出现。我心中始终记挂着妻子的身影，刻骨铭心地想着她。我几乎听到她的回答，看见她的微笑和鼓励的表情。忽然有一个意念出现在我的脑海里，我一生中首次领会到许多诗

幽默乐翻天

红烛精神
作文课，作文题是"红烛精神"。
老师问："什么是'红烛精神'？"
学生曰："不点不亮。"

人在诗歌中所表达的，也是许多思想家最终所陈述的真理——爱是人类所能热望的终极目标。我抓住了人类诗歌、思想与信仰所传递的最大奥秘，人类的救星在爱中，并借着爱得以实现。

每天他都在积极思考，用什么样的办法能逃出去。他请教同室的伙伴，伙伴嘲笑他："来到这个地方，从来就没人想过能活着出去，还是老老实实干活吧，也许能多活几天。"可弗兰克不这样想，他想到的是家有老人、妻儿，自己一定要活着出去。

积极的思考终于给他带来了机会。一次，在野外干活时，他趁着黄昏收工时刻，钻到了大卡车底下，把衣服脱光，然后趁人不注意，悄悄地爬到附近不远处的一堆赤裸死尸上。刺鼻难闻的气味，蚊虫叮咬，他都全然不顾，一动不动地装死。直到深夜，

他确信无人，才爬起来光着身子一口气跑了70公里。

这位幸存者后来对人们说："在任何特定的环境中，人们还有一种最后的自由，就是选择自己的态度。"

我的成长秘笈

世上没有绝望的处境，只有对处境绝望的人。只有对美好未来充满渴望的人，才能够抓住稍纵即逝的机遇。

小机灵多多的爆笑生活

微笑着承受一切

桑兰曾是我国女子体操队中最优秀的跳马选手。她5岁开始练体操，12岁入选国家队，曾多次参加重大国际比赛，为国家赢得了诸多荣誉。

1998年7月21日晚上，第四届世界友好运动会正在美国纽约进行。参加女子跳马比赛的桑兰由于失误，从马箱上重重地摔了下来，顿时，胸部以下部位完全失去了知觉。经医生诊断，她的第六根和第七根脊椎骨骨折了。她的美好人生才刚刚开始，可后半生也许永远要在轮椅上度过了！

在这突如其来的灾祸面前，17岁的桑兰表现得非常坚强。前来探望的队友们看到桑兰脖子上戴着固定套，躺在床上不能动弹，都忍不住失声痛哭。但桑兰没有掉一滴眼泪，反而急切地询问队友们的比赛情况。

每天上午和下午，友好的外国医生都要认真地给桑兰进行两个小时的康复治疗，从手部一直推拿到胸部。桑兰总是一边忍着剧痛配合医生，一边轻轻哼着自由体操的乐曲。主治医生拉格纳森感动地说："这个小姑娘惊人的毅力和不屈的精神，给所有的瘫痪患者做出了榜样。"

日子一天一天过去，桑兰可以自己刷牙、自己穿衣、自己吃饭了。但有谁知道，为了完成这些对常人来说简单得不能再简单的动作，桑兰付出了多大的努力！

1998年10月30日，桑兰出院了。面对无数关心她的人，桑兰带着动人的笑容说："我决不向伤痛屈服，我相信早晚有一天我能站起来！"

桑兰这个坚强的姑娘，就这样用微笑化解了苦难，用坚强承受了挫折。

我的成长秘笈

人生难免会有苦难和挫折。处在人生低谷时，请微笑着面对生活，即便无法改变现实，也要挤去悲伤的空间。

Q版老师秀

数学老师

A君是数学老师,为人严谨,平时很注重逻辑的严密性。某日,一女同事在网上申请邮箱,要填密码保护问题,女同事很有家庭观念,填了一行:"你的老公是谁?"然后答上自己老公的名字。A君在旁边看到了,说问题设计得不严密。女同事忙求教,A君沉吟片刻,在问题上加了几个字,问题遂变成:"你的第一个老公是谁?"众人大为钦佩。

语文老师

B君是语文老师,为人幽默,很受学生欢迎。毕业前夕,很多学生要B君写毕业赠言。一学生三年来定了不少目标,但从不执行,B君在他的本子上写道:夜里想着千条路,明朝依旧卖豆腐。一学生平时总说自己以后将如何有钱,B君写道:苟富贵,勿相忘。一女生在留言本上特别列出一栏"悄悄话",请B君赐墨,B君写道:平生不说悄悄话,此时无声胜有声!

体育老师

C君是体育老师,应变能力超强。某日,C君正在训练学生,一个动作做得猛烈了些,裤带松了,眼看裤子就要掉下来,这时C君果断地大喝一声:"向后转!"学生齐刷刷向后转去,C君及时地把裤子提上,从容不迫地开始系裤带。

地理老师

某日,上地理课,老师宣布下节课要小考。小明紧张地举起手问老师会不会考得很难,老师只说了一句:"十分简单。"乐得大家拍手叫好。可是考完后每个人都考得惨不忍睹,怎么会简单呢?于是小明又问老师,只听老师说:"我可没说错哦,'十分'简单,剩下'九十分'很难!"

英语老师

我的英语很差。有一天,老师发给全班每人一张印着我英语作文的讲义,我受宠若惊。老师发完讲义后,兴奋地说:"同学们,这篇作文很不简单,所有能想象到的错误在这里面都可以找到。现在我们就以这篇作文作范文,开始改错!"

李阳是疯狂英语的创始人，他所创立的独特的英语学习方法，为许许多多的学子解决了外语学习过程中的大难题。但是在他创立疯狂英语之前，他曾几度因丧失信心而萌发退学的念头。

20世纪60年代末，李阳出生在一个普通的家庭。上中学时，他的学习成绩不是很理想，因此，他变得非常内向，尤其害怕与人打交道。

到了高三的时候，他的成绩依旧很不理想，他对自己的学习逐渐失去了信心，几次萌生了退学的念头。他清楚地记得，他对自己将来的工作愿望是"做不需要和人打交道的行业"。

李阳靠自信取得成功

1986年，李阳勉强考入兰州大学工程力学系。进入大学后，他仍然是班上的后进生，上大学二年级时，就有13门功课不及格，需要补考才能继续上学，他感到丢人至极。后来，他发现自己对英语比较感兴趣，所以决定以英语为突破口，重新树立自己对学习的信心。

下定决心后，他就天天跑到校园空旷处去大声喊英语，还想出两个办法督促自己坚持下去：一是告诉很多同学自己要每天坚持学英语、喊英语；另外，邀请班内学习最认真的一位同学陪他一起大声喊英语。四个多月后，他发现自己可以复述十多本英文原版书，背熟了大量四级考题，听说能力极大提高！正是因为在英语学习方面取得成功，他树立起了人生的自信。他认为这是人生非常大的一次超越，他终生难忘。

后来有人在采访他时，他说了这样一段话："我认为，自信心是最重要的。无论是目前找工作，还是工作后，都会面对更多想象不到的困难，只有自己有勇气面对，才能常胜。"

我的成长秘笈

每个人都有自己的优势，做自己擅长的事情，更容易获得成功。

你就是百万富翁

智慧的牧师胡里奥在密西西比河边遇见了忧郁的年轻人费列姆。费列姆唉声叹气，满脸愁云。

"孩子，你为何如此闷闷不乐呢？"胡里奥关切地问。

费列姆叹了口气："我是个穷光蛋。没有房子，没有工作，没有收入，整天饥一顿饱一顿地度日。我怎么能高兴得起来呢？"

"傻孩子，其实，你应该开怀大笑才对！"胡里奥笑道。

"开怀大笑？为什么？"费列姆不解地问。

"因为，你其实是一个百万富翁呢！"胡里奥有点诡秘地说。

"您别拿我这穷光蛋寻开心了。"费列姆不高兴了。

"我怎么会拿你寻开心？孩子，能回答我几个问题吗？"

"什么问题？"费列姆有点好奇。

"假如，现在我出20万美元，买走你的健康，你愿意吗？"

"不愿意。"费列姆摇摇头。

"假如，现在我再出20万美元，买走你的青春，你愿意吗？"

"当然不愿意！"费列姆干脆地说。

"假如，我再出20万美元，买走你的美貌，你可愿意？"

"傻瓜才愿意！"费列姆头摇得像个拨浪鼓。

"假如，我再出二十万美元，买走你的智慧，让你从此浑浑噩噩度此一生，你可愿意？"

"绝不可能！"费列姆有点不高兴了。

"请回答完我最后的问题——假如现在我再出20万美元，让你去杀人放火，让你从此失去良心，你可愿意？"

"天哪，只有魔鬼才干这种事！"费列姆愤愤地说。

"好了，刚才我已经出价100万美元了，仍然买不到你身上的任何东西，你说，你不是百万富翁，又是什么？"胡里奥笑着问费列姆。

费列姆恍然大悟。他笑着谢过胡里奥的指点，向远方走去……从此，他不再叹息，不再忧郁，微笑着寻找他的快乐生活去了。

我的成长秘笈

只有懂得珍惜拥有，才能体会到幸福的滋味。给自己一双慧眼，去发现身边的每一份美好。

人生的试金石

本书。

这本书不但没有学术价值，内容也枯燥无味。那名穷学生在少有其他书读的情况下，还是经常把这本书拿出来翻

在著名的亚历山大图书馆发生一次火灾之后，人们在废墟中发现了一本残存的书。可惜这本书没有什么学术价值，政府打算把它拍卖掉。由于大家都知道这本书的学术价值不大，所以没有人愿意买。最终，一个穷学生以三个铜币的低价购得这

阅。翻到后来，书被翻破了，书里掉出了一个小纸条，上面写着试金石的秘密：试金石是能把任何金属变成纯金的一种小鹅卵石，它看起来和其他的鹅卵石没有什么两样，静静地躺在沙滩上，然而，一般的鹅卵石较冷，只有试金石摸起来是温暖的。

穷学生获知这个秘密后欣喜若狂，立即赶到大海边寻找试金石。穷学生满怀信心地挑选鹅卵石，可是那些石头摸起来都是凉凉的。穷学生渐渐地有些失望了，他愤怒地把捡起来的鹅卵石朝大海深处扔去。他就这样

幽默乐翻天

儿子："爸爸，你帮我改一下这篇作文吧！"

爸爸："那怎么行。我对写文章一窍不通，怎么能帮你的忙。"

儿子："骗人，你怎么不会做，人家都说你摆摊卖水果时总是在秤盘上做文章。"

日复一日、年复一年地在海边扔鹅卵石，扔鹅卵石的力气越来越大，那些鹅卵石也被越扔越远。

多年后的一天，穷学生捡到一块温暖的鹅卵石。然而，他已经形成了到手就扔的习惯，当他意识到那是一块温暖的鹅卵石时，那块传说中的试金石已经被他扔到了深海中。他懊恼地潜到海底，寻找了许多天，还是找不到他扔出去的那块试金石。

终于，穷学生失望了，他一无所获地回到首都。当时，国内正在进行建国百年庆典，国王一时开心，摆下擂台，寻找全国力气最大的人，冠军将被封为伯爵，并可获得大量黄金和良田的赏赐。穷学生想起这么多年来在海边扔鹅卵石的经历，觉得机会来了。他随着众人去看热闹，看来看去，觉得那些人的力气都没有自己的力气大。于是他上台去比试，结果把参赛者一个个打败，获得了"大力士"称号，得到了国王的赏赐。

穷学生变成了富裕而体面的伯爵，他感谢那本给他带来好运的书，决定把那本书重新装订并保存起来。他拆开书脊以便重新装订，却在书脊里发现了夹藏的另外一张纸条，上面写着：世界上没有真正的试金石，你对人生的态度就是试金石。当你老是抱怨没有机会的时候，或许机会真的到了手边你也把握不了。

我的成长秘笈

得失成败只在于一念之间。懂得珍惜，你便拥有很多；而怨天尤人，只会让你一次次与机遇擦肩而过。

小·机灵多多的爆笑生活

小男孩和燕子

下午放学后，杰克独自一个人坐在学校旁空地上看书，有一只燕子挥舞着翅膀"啪嗒啪嗒"地停在杰克面前。

杰克放下手中的书本，看着低头整理羽毛的燕子说："燕子啊，我好羡慕你有一双翅膀，可以飞到任何你想去的地方。我就不行了，如果没有交通工具，没有汽车，没有火车，我哪里都去不成。你知道吗？我到现在还没乘坐过飞机呢。"

燕子停止整理羽毛的动作，抬起头看着杰克说："亲爱的男孩，在天空飞翔并不见得想到哪里就可以到哪里啊。我必须先知道自己想去哪里、要去哪里。有时候，漫无目的地飞令我感到厌倦。这种时候，我就想要有个自己的家，跟你一样，可以好好休息，好好睡觉。可是，这是没办法完成的愿望，燕子生来就得随着季节迁徙。"

杰克怔了一下，笑着继续对燕子说：

幽默乐翻天

麦克全家到得克萨斯州度假，麦克在途中表现出观光者所特有的热情。某次晚餐中，他和哥哥点了乳酪饼，当饼送上时，他首先注意到的是饼的尺寸。

"我的天！"他惊叹，"得克萨斯的每一样东西都比别处大！"

话音未落，他的视线接触到一位体重200磅的女侍者的冰冷眼神。

"燕子，你知道吗？虽然你这样说有道理，但我还是羡慕你。我梦想有翅膀，可以在蓝色的天空中飞翔。我不喜欢学校的规定，不喜欢爸爸妈妈给我的规定，那些东西都不是我想要的。我有自己的想法，但他们老是告诉我这个不能做，那个不能做。不像你，可以不用管这些无聊的规定，自由自在地飞着。"

燕子抖抖自己的身体，轻声地说："小男孩，并不是有了翅膀你就会成为燕子或者成为天使，然后可以照着自己的想法去做一切事情。如果有了翅膀就可以是燕

子或天使的话，那你去买
一件附有翅膀的衣服就可
以了。"

"如果你想跟燕子
一样，自由自在地飞着，你
就必须舍弃很多的东西，
你必须舍弃你的父母、你
的朋友，舍弃你温暖的家。
下雨的时候，你只能躲在
树林里、草丛中，还得提
防周围的危险。说不定睡
觉的时候，会有狡猾的狐
狸跳出来咬你一口呢。大
自然是有它的法则存在
的。我必须了解大自然的
法则，必须遵守大自然的
法则，该飞的时候就飞，该休息的时候就休息。就算你真
的舍弃了你的父母、你的同学、你温暖的
家，你还是必须遵守大自然的法则。与
其在这里羡慕燕子，小男孩，你不如想想
看，怎样才能在你的生活里得到乐趣，怎
样才能让自己过得快乐。只有能从生活
中找到乐趣的人，才是真的自由自在，不
受牵绊的。"

"我不懂。有那么多的规定，我怎么
可能过得快乐呢？"杰克放下手中的书
本，走到燕子面前。

"对，就是要在那么多的规定中找

趣味科学常识

顺手抓住一颗子弹

根据报道，在第一次世界大战时，一个法国飞行员碰到了一件极不寻常的事。这个飞行员在2000米高空飞行时，发现脸旁有一个什么小玩意儿在游动着。飞行员以为这是一只小昆虫，敏捷地把它一把抓过。结果他发现他抓到的是一颗子弹！

这是因为，一颗子弹并不是始终以每秒800~900米的初速度飞行的。由于空气的阻力，这个速度逐渐降低，而在它跌落前，它的速度只有每秒40米。这个速度普通飞机也可以达到。因此，很可能碰到这种情形：飞机跟子弹的方向和速度相同。那么，这颗子弹对于飞行员来说，它就相当于静止不动的，或者只是略略有些移动，因此把它抓住便没有丝毫困难了。

到你自己可以快乐的方式，你才会真的
快乐。就像你在这里看书，你觉得快乐
吗？"

"快乐啊。我好喜欢看书，每次看书
都会让我觉得快乐，觉得好像跟书中的人
物一起过了个愉快的下午。"杰克兴奋地
点点头。

"是啊，小男孩。你是在许多的规定
中生活，但是，你还是可以找到让你自己
快乐的方式，不是吗？这样的快乐才是真
实的啊！不要羡慕燕子了，燕子也很羡慕
你呢。"

我的成长秘笈

生活中并不缺少快乐，缺少的只是善于发现的眼睛。当我们
羡慕别人的时候，羡慕的眼神也正盯着我们。

性格测试

● 喜欢红色

喜欢红色的人是属于精力旺盛的行动派，不管花多少力气或付出多少代价也要满足自己的好奇心以及欲望。

你充满活力的态度，会感染你周围的朋友。但由于缺乏耐性，常常稍微不顺自己的意，就会生气。

不过天生乐观的你并不会因为挫折而闷闷不乐，而是想办法当场解决。对于阻挡自己幸福的人，则怀有很深的敌意。

一旦有事情发生，你总是先怪罪别人，这点对你相当不利。如果能以更宽大的心胸对待别人，相信你的人气会更旺。

● 喜欢棕色

喜欢棕色的人个性拘谨，自我价值观强烈，很怕因外来因素的介入而必须改变自己。

但在外表及处理事情的态度上，却给人一种很大的信赖感。

对人与人之间的厉害关系划分得很清楚，所以容易给别人一种冷漠的印象。不过因为你耿直的个性，让人很信服你，不知不觉中支持你的伙伴会越来越多。

● 喜欢绿色

喜欢绿色的人基本上是一个追求和平的人。不过却害怕独处，喜欢群体的生活。

因为你擅长与周围的人保持良好的和谐关系，所以总是给人亲切温和的印象。

而周围的人也对你十分信赖和崇拜。

不过，因为对每个人的态度都差不多，所以有时容易让人误认为是个八面玲珑的人。

喜欢绿色的人十分上进，但因为不喜欢在团体中太过突出，所以也会要求周围的人一起奋发向上。

●喜欢粉红色

喜欢粉红色的人常常想让自己呈现出年轻、有朝气的感觉。甚至希望在旁人的眼中是个高贵的形象。

喜欢粉红色的人大多不是俊男就是美女，散发着一股让人看到就很舒服的魅力。

不过，却有强烈逃避现实的倾向。

因不擅长向人吐露心事，常常躲在自己的小天地之中。

又因不容易接受别人的意见，也不喜欢和人争论，常被当做是优柔寡断的人。

另外，无法忍受现实的难堪的人及曾被信任的人、背叛的人也会喜欢粉红色。

●喜欢蓝色

喜欢蓝色的人是很有理性的人。面对问题常常临危不乱，在起冲突时总是默默将事情化解，等到该予以反击时，一定会以很漂亮的手段让人折服。乍看之下应该人缘不错，不过却不擅长与人交际，所以只和志同道合的朋友自组一个小团体。

常因坚持崇高的信念而受人尊敬。

绝对地坚持己见，对旁人的意见欠缺采纳的雅量。所以与人意见不合时虽然表面上不会显露出任何不悦，但其实心里很介意。

●喜欢紫色

喜欢紫色的人通常很多都是艺术家，容易多愁善感。

但机智中带有感性，观察力特别敏锐。虽然自认平凡，但相当有个性。在公开场合中显得沉默而内向。但常常容易滥用你的感情，以致造成很多不必要的误会。

这种不是恶意的滥情，在事后别人告诉你之后，你会很认真地反省，但也容易再犯。

我想赢，结果我赢了

阿赛姆的同事中有一位青年销售员，他在工作时常常用卡耐基的自我激励警句调整自己的心态。他是一个18岁的大学生，利用暑假期间到保险公司去做出售保险单的销售员。在两周的理论训练期间，他学到了不少东西，有了一些销售经验之后，他就定了一个特殊的目标——获奖。要想做到这一点，他至少要在一周内销售100份保险单。

到那一周星期五的晚上，他已经成功地销售了80份保险单，离目标还差20份。这位年轻人下定决心："什么也不能阻止我达到目标。"他认为只要是心里所设想和相信的东西，人们就能用积极的心态去获得它。虽然他那一组的另一位销售员在星期五就结束了一周的工作，他却在星期六的早晨又回到了工作岗位。

到了下午3点钟，他还没有销出一份保险单。但他想原因可能发生在销售员的态度上，不在销售员的希望上。

这时，他记起了卡耐基的自励警句，满怀信心地把它重复了5次："我觉得健康，我觉得愉快，我觉得大有作为！"

大约在那天下午5点钟，他做成了3份，距离他的目标只差十几份了。他又热情地再重复了几次："我觉得健康，我觉得愉快，我觉得大有作为！"大约在那天夜里11点钟时他做成了20份。他达到了他的目标，获得了奖励，并学到了一条道理：不断地努力就能把失败转变为成功。

积极向上的心态实际上是一种不可抵挡的力量。"我想赢，我一定要赢，结果我赢了。"一个人可以用这种心态去达到任何向往达到的目标。

幽默乐翻天

加布沃足球队的一个教练指着球门的拦网对守门员说："你看见这网了没有？价钱可不便宜，你要是让球把它撞坏了，就得从你的工资里扣钱赔上。"

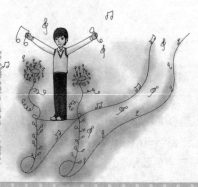

我的成长秘笈

成功需要明确的目标，需要周密的计划，更需要坚持不懈的精神，放弃只会让自己倒在黎明前的黑暗里。

成功，是心底热烈的渴望

成功是蕴藏于心底的一份强烈渴望，甚至是一个梦想。

许多年前，一个小姑娘应聘到纽约市的一家裁缝店当打杂工。上班时，她经常看到女士们乘着豪华轿车来到店里试穿漂亮衣服。她们穿着讲究，举止得体。小姑娘就想：这才是女人应该过的生活。想到这儿，一股强烈的欲望从她的心中升起：我也要当老板，成为她们中的一员。

从此，每天工作开始前，她都要对着试衣镜，很开心、很温柔、很自信地微笑。虽然她只穿着粗布衣裳，但她想象着自己就是身穿漂亮衣服的女士。她待人接物彬彬有礼、落落大方，深受顾客的喜爱。虽然她只是一名打杂女工，但她总是想象着自己就是店里的主人。她工作积极、尽心尽力，仿佛裁缝店就是她自己的家，她因此深得老板信赖。很快，许多顾客都对老板夸奖她："这位小姑娘是你店中最有头脑、最有气质的女孩。"老板也说："她的确很出色。"又过了一段时间，老板把裁缝店交给小姑娘打理了。

小姑娘渐渐有了一个响亮的名字——"安妮特"，继而成了"服装设计师安妮特"，最后终于成了"著名服装设计师安妮特夫人"。

安妮特的成功，固然得益于许多方面，但首要的也是最重要的一点，就是一无所有的她敢于"想象成功"，想象着自己就是"店主人"，想象着自己是"著名服装设计师"。

因为成功源自于梦想。

我的成长秘笈

成功是蕴藏于心底的一份渴望，甚至是一个梦想；执着的精神和不懈的努力，则是实现梦想的途径。

幸福与距离有关

初中三年级那年，正当我埋头忙于中考之时，县团委举办了全县青少年歌唱比赛。因为我平时喜欢唱歌，经常在班会上表演节目，班主任便极力推荐我去参加。我回家征求父亲的意见，我对父亲说："我唱的歌并不是特别好听，平时只是唱着玩儿罢了，要参加这样的比赛，高手云集，我没有必定获奖的把握。再说即将要中考了，会不会有影响呢？"

父亲说："既然没有必胜的把握，那么就不妨去参加试试，以放松的心态去面对，别太在意结果；另外，参加这样的文艺比赛，或许能调节生活，缓解考试压力，也能增长见识，锻炼能力。"

于是，我报名参加了。没想到竟然出奇地顺利，一路过关斩将，先进前二十名，又进前十名，最后进入了前三名。

那段时间，我成了学校的名人，全校师生都关注着我，他们为我加油，给我投票、拉选票。大家对我信心十足，我也暗下决心，一定要拿金牌。

可就在这时，一场意外的重感冒让我离开了舞台。真是老天捉弄，我的声音嘶哑了，无论怎样努力，我再也找不到唱歌的感觉了，以前清澈、圆润、嘹亮的声音也不见踪影。我绝望极了，被迫退出决赛，当时心情有多么灰暗可想而知。

父亲劝我说："当初参赛时，不也是没抱太大的希望吗？我们就权当锻炼自己了。"

话虽这么说，可当快要接触到金光

灿灿的奖杯而被迫放弃时，谁能不难过呢？人生中，很多事情都是这样，很多人也都有这样的经历，当你离目标很遥远时，让你放弃，你毫不在乎；可当你一旦接近了目标再让你选择放弃时，那心情不言而喻。

父亲让我看了一则这样的故事：

西班牙和美国心理学家在1992年巴塞罗那奥运会田径赛场上，用摄像机拍摄了20名银牌获得者和15名铜牌获得者的情绪反应。心理学家们发现，在冲刺之后和在颁奖台上，"第三名"看上去比"第二名"更高兴。

研究人员分析认为：因为铜牌获得者通常不是期望值很高的人，获得铜牌已经很高兴了；而银牌得主是与金牌最接近的，他们正处在金牌与银牌之间，因此就会为没有夺得金牌而感到难过。确实，在领奖后采访获奖运动员时，许多亚军都伤心地说："差一点儿就成了冠军。"而季军获得者也许会说："差一点儿就名落孙山

脑筋急转弯

大象的左耳朵像什么？
——右耳朵。

有两个考生交了一样的考卷。老师却并没有认为他们作弊，这是什么原因？
——两张都是白卷。

猪的全身都是宝，用处很大，猪对人类还有什么用处？
——还可以用来骂人。

了。"

我恍然大悟：原来，所谓的幸福，是与距离有关的。之所以难舍难离，是因为在这段幸福的距离中，你付出了艰辛和汗水，投入了梦想和希冀。但是，世事难料，谁也不能保证现实就按你的意愿发展，所以在通向目标的路途中，保持一份平淡和从容才是人生的大智慧。幸福源于心态，心态决定命运，命运由自己把握。

我的成长秘笈

不是所有的付出都有回报。成功的时候，可以尽情感受欢乐；失败的时候，则要学会享受参与的过程。

小·机灵多多的爆笑生活

英特尔公司的总裁安迪·葛鲁夫曾是美国《时代》周刊的风云人物。很多人只知道他是美国巨富，却不知道，他的人生也有鲜为人知的苦难经历。

由于家境贫寒，安迪·葛鲁夫从小便吃尽了苦头，他发誓要出人头地。他上学期间便表现出了他的商业天才，他的学习成绩也异常优秀。可是谁也想不到，他曾是个极度悲观的人。

乐观的价值

那是安迪·葛鲁夫第三次破产后的一个黄昏，他一个人漫步在家乡的河边，他想到了自己辛苦创下的基业一次次地破产，内心充满了失望。他想如果他就这样跳下去的话，很快就会得到解脱。突然，对岸走来一位憨头憨脑的青年，他背着一个鱼篓，哼着歌从桥上走了过来，他就是拉里·穆尔。

安迪·葛鲁夫被拉里·穆尔的情绪感染，便问他："先生，你今天捕了很多鱼吗？"拉里·穆尔回答："没有啊，我今天一条鱼都没捕到。"安迪·葛鲁夫不解地问："你既然一无所获，那为什么还这么高兴呢？"拉里·穆尔乐呵呵地说："我捕鱼不全是为了赚钱，而是为了享受捕鱼的过程，你难道没有觉得被晚霞渲染过的河水比平时更加美丽吗？"一句话让安迪·葛鲁夫豁然开朗，于是，这个对生意一窍不通的渔夫，在安迪·葛鲁夫的再三央求下，成了英特尔公司总裁安迪·葛鲁夫的贴身助理。

很快，英特尔公司奇迹般地再次崛起，安迪·葛鲁夫也成了美国巨富。在创业的数年间，公司的股东和技术精英不止一次地向总裁安迪·葛鲁夫提出质疑：那个毫无经商才能的拉里·穆尔，真的值"得如此重用吗？"每当听到这样的问题，安迪·葛鲁夫总是冷静地说："是的，他确实什么都不懂，而我也不缺少智慧和经商的才能，我缺少的只是他面对苦难的豁达心胸和面对人生的乐观态度，而他的这种豁达心胸和乐观态度，总能让我受到感染而不至于做出错误的决策。"

我的成长秘笈

无论你拥有多大的才能与智慧，你都不应该缺少乐观自信的精神，因为它是你获得成功的重要因素。

问: 茉莉花，玫瑰花，月季花，哪个最没力?
答: 茉莉花　歌词: 好一朵美丽(没力)的茉莉花。

问: 中国、日本、美国，哪个国家的兵站得最齐?
答: 日本　日本有个歌星叫滨崎步(兵齐步)。

问: 猩猩最讨厌什么线?
答: 平行线　平行线没有相交(香蕉)。

问: 布怕什么，纸怕什么?
答: 不(布)怕一万，只(纸)怕万一。

问: 橡皮、老虎皮、西瓜皮，哪个最差?
答: 橡皮　橡皮擦(差)。

问: 铅笔姓什么?
答: 萧　削(萧)铅笔。

问: 麻雀很吵，怎么让它安静?
答: 压一下　鸦(压)雀无声。

问: 十瓶啤酒喝下去，你会怎样?
答: 再让它吐出来。

问: 一对情侣在QQ上，但是双方都不说话已有10分钟，说明什么?
答: 老板在旁边。

问: 公交车上一男的踩了你的脚，对你说"我是周杰伦"，你的反应是什么?

答: 踩回来。以后可以炫耀啦，我踩过周杰伦!

问: 距世界末日还有7秒钟，你想做的最后一件事是什么?
答: 收菜。

问: 你独自流落荒岛，手机没信号，突然能打了，你第一个电话打给谁?
答: 中国移动，投诉他们，怎么信号这么差!

问: 给你1亿，让你从2楼跳下去，你愿意吗?
答: 请先把1亿堆在楼下，我马上往下跳。

问: 用四个字形容自己的长相!
答: 不提也罢。

问: 你兜里只有2块钱，怎么解决三餐?
答: 买个破碗，蹲街边。

问: 弟弟拉裤子了——打两位美国政坛名人!
答: 奥! 爸，妈! 稀拉里! (奥巴马、希拉里)

问: 月薪1200元，买什么车好?
答: 买副象棋吧，有四个车呢! 另外还有四个宝马。

问: 小龙女可以7年不见杨过，你能么?
答: 我可以一辈子不见杨过。

问: 用四个字形容一下你的开车水平。
答: 交警无语。

死去的蝴蝶

有一次，小塞德兹拿起那只捉蝴蝶的网来到了田野。各种颜色艳丽的蝴蝶在阳光下飞舞，它们欢乐的模样真是美极了。

那些蝴蝶身上的颜色，在阳光的照耀下显得更加夺目。

小塞德兹举起网的竿子向一只蝴蝶舞了过去，一下子就将它网住。若在平时，蝴蝶会在网子里飞跳不停，想要挣脱出去。可是这一次，那只蝴蝶却一动不动地停在那儿，小塞德兹小心翼翼地翻开网子，想看看是怎么回事，又害怕它突然逃掉。

可是，当他把蝴蝶的翅膀捏在手上的时候，发现它已经死了。或许是他刚刚捕捉它的时候无意中用竿子将它打死了。

其实，这是小孩子们捉蝴蝶的时候时常发生的事。对于那些淘气鬼来说，这根本不值得放在心上，他们会扔掉死去的蝴蝶，开始重新去捕捉另一只。

不知是什么原因，在看到死蝴蝶的那一瞬间，小塞德兹突然难过起来。他认为自己无缘无故杀死那只蝴蝶是一件有罪的事。突然之间，晴朗的天空和灿烂的阳光一下子就在他的心中消失得无影无踪，在他的心里只剩下了黑暗，沉重的忧伤将他完全笼罩。

在以后的好几天里，他一直被这种犯罪感所折磨，认为自己残酷地杀死了一个小生命。

"爸爸，你说我是一个坏孩子吗？"他将心里的感受讲给爸爸听，"我害死了一个生命，我是个罪人，一定会受到上帝的惩罚。"

"不，儿子，你不应该这样想。"

老塞德兹决定安慰一下悲伤的儿子，"虽然那只蝴蝶是因你而死的，但这也不全怪你，因为你不是有心的。"

"虽然不是有心的，但终归是我弄死了它。"小塞德兹伤心地说道。

"可是，那只蝴蝶已经死了，又有什么办法呢？难道你能用自己的难过让它复活吗？"为了使儿子从自责之中挣脱出来，他尽力给儿子讲一些他能够明白的道理。

"但那只蝴蝶是我亲手杀死的，我是有罪的。"小塞德兹说道。

"可是，那只蝴蝶已经死了，这是一个无法挽回的事实，你自责也没有用，关键是要看你以后怎么做。"他安慰儿子说，"只要你以后不再犯这样的错误，尽力去关心和保护小动物，不就行了吗？"

"可是，我杀死了那只蝴蝶，上帝会宽恕我吗？"小塞德兹问道。

"只要你以后不像坏孩子那样残酷地对待小动物，关心和保护它们，我想上帝是会宽恕你的。"老塞德兹回答道。

"真的？"儿子兴奋地叫了起来。

第二天，他们一起到田野中散步。这一天，天气好极了。天空像宝石那样蓝，几只美丽的蝴蝶在阳光下欢乐地飞舞着。

脑筋急转弯

报纸上登的消息不一定百分之百是真的，但什么消息绝对假不了？
——报纸上的年、月、日。

什么样的轮子只转不走？
——风车的轮子。

楚楚的生日在三月三十日，请问是哪年的三月三十日？
——每年的三月三十日。

一见到那些蝴蝶，小塞德兹的脸一下子又阴沉了起来，似乎在他心中又浮现出了那件不愉快的事。

"儿子，你怎么啦？"

"我……我又想起了那只蝴蝶。"

"不要再想它了。"老塞德兹摸了摸儿子的头，"生活中有很多不愉快的事，很多事情都是我们不愿遇到的。但过去的就让它过去吧，我们应该多想一想现在和明天，你看那些蝴蝶是多么快乐呀！"

"是啊，它们无忧无虑，真让人羡慕。"儿子感叹道。

"你应该向这些快乐的蝴蝶学习，不要总是把什么事都往坏处想，你应生活在明媚的阳光之中。"

我的成长秘笈

有舍才有得，忘掉悲伤才能感受快乐，忘掉过去才能把握现在。当你悔恨不已的时候，美好的时光已悄悄溜走。

一面镜子

一个年轻人正值人生巅峰时却被查出患了白血病，无边无际的绝望一下子笼罩了他的心，他觉得生活已经没有任何意义了，因此他拒绝接受任何治疗。

一个深秋的午后，他从医院里逃出来，漫无目地在街上游荡。忽然，一阵略带嘶哑又异常豪迈的乐曲吸引了他。不远处，一位双目失明的老人正摆弄着一件磨得发亮的乐器，向着寥落的行人动情地弹奏着。还有一点引人注目的是，盲人的怀中挂着一面镜子。

年轻人好奇地上前，趁盲人一曲弹奏完毕时问道："对不起，打扰了，请问这镜子是你的吗？"

"是的，我的乐器和镜子是我的两件宝贝！音乐是世界上最美好的东西，我常常靠这个自娱自乐，可以感觉到生活是多么美好……"

"可这面镜子对你有什么意义呢？"年轻人迫不及待地问。

盲人微微一笑，说："我希望有一天出现奇迹，并且也相信有朝一日我能用这面镜子看见自己的脸，因此不管到哪儿，不管什么时候我都带着它。"

白血病患者的心一下子被震撼了：一个盲人尚且如此热爱生活，而我……他突然彻悟了，又坦然地回到医院接受治疗。尽管每次化疗他都会感受到死去活来的痛楚，但从那以后他再也没有逃跑过。

他坚强地忍受了痛苦的治疗，终于出现了奇迹，他恢复了健康。从此，他也拥有了人生弥足珍贵的两件宝贝：积极乐观的心态和屹立不倒的信念。

我的成长秘笈

积极乐观的心态，有助于把握现在；屹立不倒的信念，则有助于把握未来。二者加在一起便是幸福的人生。

第二章

良好性格
成就美丽人生

上帝保佑善良的人

第二次世界大战中的一天，大雪纷飞，异常寒冷，尽管天气如此恶劣，但艾森豪威尔将军——欧洲盟军最高统帅——必须连夜赶回总部，一个紧急的军事会议正等着他。

艾森豪威尔和部下匆匆钻入汽车，一路飞驰。他手上拿着文件，一边翻看一边和参谋讨论作战计划。过了一会儿，他觉得有些累，便放下文件向窗外望去。

只见到处都是白茫茫一片，突然，一辆小轿车进入他的视野，旁边还蹲着一个老人，老人看见有车过来，便使劲地挥手。艾森豪威尔判断，老人一定是遇到了什么困难，他立即命令翻译官下去问问，参谋着急地拦住翻译官说："将军，我们必须按时赶回总部开会，这种事应该由当地的警方解决。"

艾森豪威尔看了参谋一眼说："如果接到报案，警察肯定会来的，但我担心老人坚持不到那个时候。"

看见大家都没动，艾森豪威尔打开车门走了下去。老人看见有车停下来，高兴

极了,他赶紧过来向艾森豪威尔解释:"我和老伴准备去巴黎投奔儿子,但糟糕的是,车半路抛锚了,这个地方前不着村,后不着店,眼下又下着大雪,很少有车经过,我们正在发愁呢,你们的车就过来了。我和老伴已经等了五个钟头了,天太冷,我们俩只好换着拦车。"

艾森豪威尔往车里一看,果然,座位上蜷缩着一位老太太,她冻得浑身发抖。他立刻决定:"赶紧上车,我把你们送到巴黎。"

"可是将军,如果去巴黎,我们要绕很远的路,恐怕赶不上会议了。"参谋提醒他。

"没什么可是的,赶不上就让他们先等一会儿。"参谋不敢再吱声了。这一下,老两口千恩万谢,等他们坐定之后,艾森豪威尔命令部下:"马上打电话报警,让警察把车修好,然后给老人送回去。"一听这话,老人感动得几乎落泪,老太太拉着艾森豪威尔的手说:"好心人,上帝一定会保佑你的。"

艾森豪威尔轻轻地笑了起来。

等他们赶回总部时,已经迟到了三个小时。第二天,艾森豪威尔收到了部下的电报,上面说:警察去拖那辆抛锚的车时,发现了异常情况,在艾森豪威尔的必经之路上,德国纳粹已经预先安排了狙击手埋伏在那里,只要他们的车一经过,艾森豪威尔就会遇刺身亡。但纳粹德国没有料到的是,汽车突然改变了路线,因此,狙击手不仅没有实现计划,反而在那里傻等,被警察抓了个正着。

看着电报,艾森豪威尔忍不住哈哈大笑,仿佛听到了世界上最好笑的笑话,他挥舞着电报冲到参谋面前说:"你看看,如果我们当时不停车,会有什么后果?"

参谋也惊出一身冷汗:如果艾森豪威尔听从他的劝阻,没有帮助那对老夫妇,也就不会改变行车路线,那么,他恐怕躲不过那场劫难,整个历史也将会改写!

趣味科学常识

猩猩能用自制长矛捕鱼

在印尼卡佳岛的婆罗洲地区,一只雄性猩猩准确地抓住延伸到河边的树藤,然后用树枝做成的长矛来刺捕河中的鱼。科学家们认为,这是目前为止在猿类动物中发现的最复杂的行为之一。此前,研究人员观察到一只名为"艾菲"的雌性大猩猩在挖掘野草时,折断了一根分杈的树枝来当做自己的"拐杖",它还把这根树枝放在有泥浆的路面上,当作"桥"让自己通过。这些发现表明,猩猩并不像有些人怀疑的那样,是近代通过观察附近农民的动作才开始模仿使用工具的。

我的成长秘笈

　　赠人玫瑰，手留余香，我们在帮助别人的同时，也成就了自己。只要愿意，你也可以成为掌握自己命运的上帝。

小·机灵多多的爆笑生活

滴水之怨

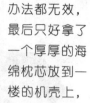

那年夏天我在上海仁济医院进修学习，借住在浦东塘桥一处破旧民宅的五楼。窄小的单居室难耐天气炎热，我只好花千元从商场买了一台窗式空调临时救急。

问题是这种已基本被淘汰的窗式空调，除了高分贝的噪音搅扰自己之外，那机器工作时排出的冷凝水也难免要给楼下的住户添乱。

一楼住户恰巧也在对应的位置装有壁挂式空调外机。我第一夜享受空调的时候，半夜里就被上海邻居敲开了屋门："你的空调滴水实在让人吃不消哟。"我下去一看，落在空调机壳上"嘀嘀嗒嗒"的水声果然格外刺耳，吵得人心烦意乱，难以入睡。也难怪前几天就有相邻单元的楼上楼下为空调滴水的问题吵得不可开交，这下，同样的难题也摆在自己面前了。

总不能因噎废食吧，空调必须开，可这滴水的问题也必须解决。我尝试了几种办法都无效，最后只好拿了一个厚厚的海绵枕芯放到一楼的机壳上，这下，楼上的水滴下来后就再也发不出声音了。

就这么一个简单的办法，确保了整个夏天我和楼下的邻居相安无事。而且，其他邻居居然也效仿了我的做法。

其实，无论在乡下或是城里，类似的滴水之怨，总是时有发生，人们往往为此闹得不可开交，甚至大打出手，真可谓："受人之恩，虽深不报，怨则浅亦报之；闻人之恶，虽隐不疑，善则显亦疑之。"面对如此滴水之怨，如果我们尽可能多想办法，设身处地替别人考虑，则完全可以化干戈为玉帛。

人与人之间要多一点宽容，讲一点谦让。滴水之恩，要报以涌泉；滴水之怨，也要待之坦然。

我的成长秘笈

多一点感恩，把滴水之恩铭刻在心；多一点宽容，让滴水之怨随风而去，世界必将更加和谐、更加美好。

善于约束
自己的老舍

23岁那年，老舍的工作，从报酬上来讲，不算十分地坏。每月他可以拿到一百多块钱。那时候花15个小铜子就能吃顿饱饭。一份肉丝炒三个火烧，一碗馄饨带两个鸡蛋，十一二个铜子就可以支付；要是预备好15个铜子做饭费，那就可以弄一壶白干儿喝了。

那时候每月的薪水永远不能一次拿到，于是化整为零与化圆为角的办法使老舍往往须当一两票才能过得去。若是痛痛快快地发钱，而钱又是一律发现洋，他或许早已成了"阔佬"了。

无论怎么说吧，一百多元的薪水总没教老舍遇到极大的困难。每逢拿到几成薪水，他便回家给母亲送一点钱去。由家里出来，他总感到世界非常地空寂，非掏出点钱花不可。于是，他去看戏，逛公园，喝酒，买"大喜"烟抽。因为看戏有了瘾，他更进一步去和友人们学几句，赶到酒酣耳热的时候，他也能喊两嗓子，好歹不管，喊喊总是痛快的。酒量不大，而颇好喝，凑上二三知己，便要上几斤。喝到大家都舌短的时候，才真正爱说话，说得爽快亲热，真露出点"燕赵多慷慨悲歌之士"的气概来。

喝醉归来，有时候老舍把钱包、手绢一齐交给洋车夫保存，第二天醒过来，在伤心之余仍略有豪放不羁之感。

一次，老舍正住在翊教寺一家公寓里。一位好友从柳泉居运来一坛子"竹叶青"，又约来两位朋友——内中有一位是不会喝的——大家就抄起茶碗来。坛子虽大，架不住茶碗一个劲儿进攻，月亮还没上来，坛子已空。干什么去呢？打牌玩吧。就这样，老舍学会了打牌。

但老舍知道自己永远成不了"牌油子"。他不肯费心去算计，而完全浪漫地把胜负交与运气。他不看"地"上的牌，也不看上下家放的张儿，他只想象地希望来了好张子便成了清一色或是大三元。结果是回回一败涂地。认识了这一个缺欠以后，老舍对牌便没有多大瘾了，打不打都可以。可是，在那时候，老舍决不承认自己的牌臭，只要有人张罗，他便坐下了。

事后老舍先生指出："我想不起一件事比打牌更有害处。喝多了酒可以受伤，但是刚醉过了，谁都不会马上再去饮，除非是借酒自杀的。打牌可就不然了，明知有害，还要往下干，有一个人说'再接着来'，谁便也舍不得走。在这时候，人好像已被那些小块块们给迷住了，冷热饥饱都不去管，把一切卫生常识全抛在一边。越打越多抽烟喝茶，越输越往上撞火。鸡鸣了，手心发热，脑子发晕，可是谁也不肯不舍命陪君子。打一通夜的麻将，我深信，比害一场小病的损失还要大得多。但是，年轻气盛，谁管这一套呢！"

老舍回忆说：烟，酒，麻将，已足使我瘦弱，痰中往往带着点血！加上生活上的不顺心，老舍得了很重的病。

病的初起，他只觉得浑身发僵。洗澡，不出汗；满街去跑，不出汗，他知道要不妙。两三天下去，他服了一些成药，无效。

经一位大医院的"先生"治疗，老舍总算挺了过来，但头发都脱落光了。老舍回忆道："半年以后，我还不敢对人脱帽，帽下空空如也。"经过这一场病，老舍开始检讨自己：那些嗜好必须戒除，从此要格外小心，这不是玩的！

我的成长秘笈

人生道路上有着太多的诱惑，只有善于约束自己，才不至于迷失方向；而放纵自己的结果，必然是误入歧途。

小机灵多多的爆笑生活

最贵重的宝贝

有一天，西域来了一个经商的人将珠宝拿到集市上出售。这些珠宝琳琅满目，全都价值不菲。特别是其中有一颗名叫"珊"的宝珠更是引人注目。它的颜色纯正赤红，就像是朱红色的樱桃一般，直径有一寸，价值高达数十万钱，引来了许多人围观，大家都啧啧称奇，赞叹道："这可真是宝贝啊！"

恰好龙门子这天也来逛集市，见到好多人围着什么议论纷纷，便也带着弟子挤进了人群。龙门子仔仔细细地瞧了瞧宝珠，开口问道："'珊'可以拿来填饱肚子吗？"

商人回答说："不能。"

龙门子又问："那它可以治病吗？"

商人又回答说："不能。"

龙门子接着问："那能够驱除灾祸吗？"

商人还是回答："不能。"

"那能使人孝悌吗？"

回答仍是"不能。"

龙门子说道："真奇怪，这颗珠子什么用都没有，价钱却超过了数十万钱，这是为什么呢？"

商人告诉他："这是因为它产在很远很远没有人烟的地方，要动用大量的人力物力，历经不少艰险，吃不少苦头，好不容易才能得到它，它是非常稀罕的宝贝啊！"

龙门子听了，只是笑了一笑，什么也没说便离开了。

龙门子的弟子郑渊对老师的问话很不解，不禁向他请教。龙门子便教导他说："古人曾经说过，黄金虽然是重宝，但是人生吞了它就会死，就是它的粉末掉进人的眼睛里也会致瞎。我已经很久不去追求这些宝贝了，但是我身上也有贵重的宝贝，它的价值绝不止数十万，而且水不能淹没它，火也烧毁不了它，风吹日晒全都丝毫无法损坏它。用它可以使天下安定，不用它则可以使我自身舒适安然。人们对这样的至宝不知道朝夕去追求，却把寻求珠宝当作唯一要紧的事，这岂不是舍近求远吗？看来人心已死了很久了！"

龙门子所说的"至宝"，就是指人们自身的美德。

我的成长秘笈

美好的品德既能使天下安定，又可以使自身舒适安然，既然如此，又何必舍近求远，使身心为名利所累呢？

外文名: WilberPan

别名: 潘帅

国籍: 美国

出生日期: 1980年8月6日

职业: 歌手、演员、潮店老板

唱片公司: 环球唱片

经纪公司: 巨室音乐

影视代表作品:《麻辣鲜师》、《不良笑花》、《熊猫人》、《爱无限》、《麻辣高校生》等。

音乐代表作品:《壁虎漫步》、《我的麦克风》、《WuHa》、《反转地球》等。

潘玮柏

潘玮柏, 歌手、演员、词曲创作者, Channel[V]音乐台的主持人。在加入Channel[V]音乐台之前, 潘玮柏在美国修读大学学位, 主科为传讯及公关。他热爱篮球运动及表演, 称篮球是他生命的另一部分。在洛杉矶参加BMG/ NMG举办的歌唱比赛, 获得"最佳形象奖", 并签约NMG, 成为刘德华、李玟、张卫健、苏有朋、李泉、林依伦、张学友等内地、港台影视歌红星的小师弟。玮柏除身为Channel[V]音乐台的主持人外, 更经常在台北接拍平面及电视广告。

明星小·档案·

林俊杰

外文名: JJ Lin, Lam JJ

出生日期: 1981年3月27日(农历二月廿二)

国籍: 新加坡

职业: 歌手

身高: 172cm

体重: 60kg

星座: 白羊座

毕业院校: 海蝶音乐学院

经纪公司: 华纳唱片

代表作品:《江南》、《曹操》、《发现爱》、《编号89757》等

林俊杰 (JJ Lin), 著名男歌手。2003年首发第一张个人创作专辑《乐行者》, 取得不俗成绩; 其杰出的创作才能又在之后推出的《江南》、《曹操》等多部畅销唱片专辑中得以充分展现; 与此同时, 林俊杰还斩获了无数音乐大奖, 成为当今华语歌坛最耀眼的男歌手之一。获得过全球华语排行榜年度金曲奖、中国原创歌曲最佳作曲人奖、全球华语排行榜地区杰出艺人奖等奖项。

努力克服自己的性格缺陷

1927年农历五月初三，一位学术天才在北京颐和园的昆明湖自沉而死。这个人就是清末民初著名的大学者王国维。王国维个性孤僻、极端。他忠于清帝国，曾担任过清朝末代皇帝溥仪的老师。溥仪的退位、大清的崩溃，使他万分伤感，以至最终走上了自杀之路。

假若仔细分析一下王国维的性格，就不难发现他的死因了。王国维生活的时期正是社会的变革时期，又处在新旧文化的交替点上，其个人气质又极为特殊。以其孤僻、偏激的个性来判断，他的"自沉"是必然的。

性格的形成过程微妙而复杂，受先天与后天的影响巨大。

每年的十二月一日，纽约洛克菲勒中心前面的广场上都会举办一次为圣诞树点灯的仪式。硕大的圣诞树堪称完美，据说它们都是从宾夕法尼亚州的千万棵巨大的杉树中挑选出来的。

一位画家深深地被圣诞树的完美吸引住了，他带领自己所有的学生去写生。

"老师，你认为那巨大的圣诞树真的那么完美吗？"一个中年女学生神秘地笑道。

画家十分奇怪："千挑万选，还能不完美吗？"

"多好的树都有缺陷，都会缺枝少叶，我丈夫在宾夕法尼亚当木工，是他用其他枝子补上去，才令这些圣诞树看上去如此完美的！"

画家恍然大悟：一切完美的事物都源自于修补。

任何一个男孩的一生都是自我完善的一生、自我塑造性格的一生。塑造性格的目的，就是要克服不良的性格，实现性格优化的转变，从而找到最优秀的自我。

出色的男孩，大多是从性格改造与完善中训练出来的。一个胸有大志的男孩，对自己才会有严格的要求，他的理想越崇高，为了实现这个理想而积极改造自我性格的决心就越大。

我的成长秘笈

一切完美的事物都源自于修补，性格和修养也是如此。只有不断完善和超越自己，才能不断提升人生境界。

玛奇塔，一个别人眼中的黄毛丫头，却是当今世界上最伟大的女推销员，她从7岁开始便凭借着卖女孩子专用饼干赚进八万多美元。自从玛奇塔13岁那年发现推销秘诀后，她便在放学后挨家挨户推销饼干。

和其他数以万计的心怀梦想的人比起来，玛奇塔并不是很聪明，也不显得外向大方。差别就在于她发现了推销的秘诀，那就是：坚持，坚持，再坚持。许多人在尚没有开始前就失败，因为他们总是在别人有机会拒绝之前，就因为害怕被拒绝而否定自己。

世界上最伟大的女推销员

其实，我们每个人每天都在推销，玛奇塔14岁时说：你在学校推销自己，把自己推销给老师、同学；走入社会时，你又把自己推销给老板与新认识的人。我妈妈是个服务员，她推销的是每日特餐。想得选票的市长、总统也在推销自己。

要求别人给你你想要的东西是需要勇气的，勇气不仅是不害怕，更意味着尽管心里存在着恐惧，但仍然去完成所做之事的品质。正如玛奇塔所体会到的——你坚持的次数越多，你就越容易得到你要的东西，而且也因此获得更多的快乐。

有一次，在一个现场直播的电视节目里，制作人决定给玛奇塔一个最困难的考验。他要玛奇塔把女孩子专用饼干推销给另一位参加节目的嘉宾。玛奇塔问这位嘉宾："你要不要投资一打或两打女孩子专用饼干？""女孩子专用饼干？我从来不买什么女孩子专用饼干。"这位嘉宾竟然如此回答，"我是联邦监狱的典狱长，每天晚上我要让2000名罪犯乖乖入睡。"玛奇塔对这样的回答一点也不生气，反而很快地反驳道："先生，如果你肯买一些饼干，或许你就不会如此小气、愤怒，而且先生，我觉得这是一个不错的主意，你可以带一些饼干给每一位犯人。"玛奇塔如此坚持她原来的要求。

这位典狱长最后真的给她开了一张支票。

我的成长秘笈

坚持不仅表明一种态度，更是一种充满信心的表现。一个人如果连自己都说服不了，又怎能去影响别人？

爆笑图片

鱼中鱼

书法其实很简单

赶快逃命啊

长鼻子的妙处

太不容易了

队友

冲浪

狭路相逢

列队欢迎

杂耍

2006年，陈易希在中学会考中，中文和英文均不及格。但他被香港科技大学电子及计算机工程系破格录取，成为该校创校15年来首次录取的中五毕业生，免修两年中学预科课程，直接升入大学。科大校长朱经武表示，破格录取陈易希，是因为他在科技创新方面的表现。在众多的质疑声中，陈易希进入科大。

现在的陈易希忙着学习，英文有了长足的进步，说话间不时地冒出一个个英文单词。他说，他有很多idea，假期会和教授一起研究新的发明，主要是改善生活的智能家居系统。发明和学习虽然需要平衡时间，但并不矛盾。他说，他小学时成绩很差，反而是因为对发明有兴趣后，这种驱动力，让自己必须去学习，去看很多艰深的英文资料。如果想让产品电流稳定，就必须有很好的数学知识，也正是这种驱动力，让他的学习成绩慢慢地好起来。

谈到今后的计划，陈易希说目前将会专注于课本的学习，毕业以后将继续发明新的对人有帮助、对社会有影响的产品。陈易希希望未来发明一个机器人——不一定外形上与人相似，但能完成一些危险的工作，能照顾人们的生活。

2007年3月31日，"世界因你而美丽——2006年影响世界华人盛典"于北京大学百年讲堂举行，十家华文媒体的百名资深媒体人推选出杨振宁、刘翔等11位来自世界不同国家和地区、在不同领域影响着世界的杰出华人。年仅17岁的香港科技大学学生、小发明家陈易希也是其中之一。

出名要趁早。这句话用在陈易希身上丝毫不为过。然而，17岁的发明家对于出名却很淡然，只觉得是对自己的一种鼓励。至于将来，他希望可以继续做研究工作，做出更多的发明创造，帮助社会，帮助人类。

发明为助人

我的成长秘笈

个人理想如果与国家和社会利益结合起来，便能赢得人们的尊重，同时还可以转化成持久的动力。

Q版 老师秀

美术老师

一位年轻女教师初次执教小学生美术课。她在黑板上画一个苹果问学生说："这是什么呀？"学生异口同声地回答："是屁股。"女教师哭着去找校长，校长一听大怒，跟着老师来到教室训斥学生说："你们越来越不像话了，为什么又把老师气哭了？"回头看了一看："啊！还在黑板上画了个屁股！"

牵肠挂肚型

"人比黄花瘦"是这类老师的真实写照，叫人既怜又爱，对工作特别负责，因此拖累了身体，却从不轻易请假。因此，上她的课学生的心总是悬悬的，生怕她柔弱的身体会倒在讲台上，在她的课上是没有缺席和讲小话的，为的是免得让她操心。

生物老师

生物老师正兴致勃勃地在台上描述非洲野猪的长相，偶尔眼光一扫台下，竟发现多数学生在打瞌睡。于是大为恼火，喝道："你们要看着我啊！不看我，你们怎么知道非洲野猪长的是什么样子？"

运筹帷幄型

该类老师啤酒瓶底似的眼镜下，藏着鹰一般犀利的双眼，俯视全班几十号人，只用一眼，谁上课没来，谁上课在睡觉或干其他的事，他都了如指掌。并能迅速飘到目的地抓个人赃并获，这种老师的外号也不会少，通常都是"灭绝师太"之类。

物理老师

肥胖的物理老师为使学生明白光线折射现象，做了个实验。他将玻璃杯装满水，问道："假设我是一道阳光，插入水中，结果怎样？"一个学生回答："水溢出来了！"全班哄堂大笑。

从贫民窟"小黑蛮子"到大记者

2006年11月9日，著名的美国黑人记者埃德·布莱德利永远闭上了他那双深邃的眼睛，终年65岁。从此以后，美国哥伦比亚广播公司（CBS）著名新闻节目《60分钟》中，人们再也看不到那位戴着耳环、一脸花白络腮胡子的黑人大叔的身影了。

布莱德利臻于完美的采访技巧，使他很早就成为突破美国黑白种族限制的黑人记者，并在其职业生涯中获得过19次艾美奖。

然而，谁又能想到，这位大记者却出生于费城西部的一个贫民窟里。幼年时，父母离异，布莱德利由母亲一人抚养长大。因为常常在街头打架，人们都叫他"小蛮子布莱德利"。尽管家境贫寒，布莱

德利的母亲却是个志气很高的女人。因为担心儿子继续发展下去会变成街头小混混，于是她费尽心思为布莱德利寻找离开贫民区的机会。在布莱德利9岁的时候，母亲把他送到一家天主教寄宿学校。

一天，学校里的一位修女对小布莱德利说的一句话，彻底改变了布莱德利。"你能成为任何你想成为的人。"就是这句话，让"小黑蛮子"一下子找到了自己今后的人生。

经过努力，布莱德利在CBS驻巴黎办事处找了一份工作。随后，布莱德利主动要求去越南西贡做战地记者。在越南，从火灾到西贡陷落，从战士吸毒问题到难民潮，布莱德利什么都报道。在搭档眼里，从没有看到他在战火中流露一丝恐惧。然而，表面上没有流露出害怕，并不意味着布莱德利心中真的没有恐惧。"在战场上，你眼睁睁地看到，周围的人在你身边一个

个死去，一个个负伤。一天，当我在稻田里穿行，忽然遭遇一群越共士兵。他们就从我身边穿过，一边说着话，竟然没看到我。我吓呆了，我不停地告诉自己说：我还没成为我想成为的人，我必须要坚强地活下去。"

西贡陷落时，布莱德利是最后一批离开的美国人。作为奖励，CBS高层把一个非常风光的工作交给了布莱德利——负责报道1976年的美国大选。当一名白宫记者一向被认为是这一行最光鲜的工作，之前这项工作由清一色的白人担任，布莱德利是第一个黑人白宫电视新闻记者。

布莱德利主持《60分钟》后，他敢于提出各种尖锐问题，做过许多令人难忘的采访。2003年是布莱德利记者生涯中最辉煌的一年，关于脑癌病人的报道以及对罗马天主教会内性虐待的报道，让他一举夺得3座艾美奖杯，同时还获得了全美黑人记者协会颁发的终身成就奖。

每当布莱德利回到当年居住过的费城贫民区，他几乎不能相信自己的人生境遇已经有了如此大的改变。"在我办公室里挂着一幅照片，我常常站在那里想：你会相信吗？一个来自贫民窟的'小蛮子'，他现在站在了亚历山大大帝曾经站过的地方，欣赏同样的风景。他终于成为了他想要成为的人，这一切真神奇啊！"

有人曾问布莱德利的上司霍华德·斯特瑞爵士："布莱德利究竟有何过人之处？"斯特瑞对此评价道："布莱德利对报道投入了感情，同时还不丧失客观立场。他是个真正感情丰富的记者，有同情和关心他人的能力，特别是那些处于弱势的人。"

"聪明、平稳、酷"是美国公众对布莱德利的评价，连布什总统都称赞他是"这个时代美国最有成就的记者之一"。

我的成长秘笈

我们不能选择过去，但可以规划未来。将来成为一个什么样的人，完全取决于现在的所作所为。

小·机灵多多的爆笑生活

一个世界级的吹牛大王

"吹牛"是一件令人反感的事，但在英国有一个叫约翰·格拉汉姆的人靠"吹牛"赢得了爱情、名誉、财富。下面就让我们一起来见识一下这位"吹牛大王"的精彩人生吧。

约翰·格拉汉姆在童年时代是一个自闭症患者。那时候，约翰胆小害羞，跟人说话就口吃，在学校非常不合群。大概是为了弥补这个缺陷，上帝给了小家伙丰富的想象力，独自呆着的时候，他的思绪会上天入地地任意遨游。

父母带着约翰去看心理医生，高明的医生看出了这个小孩的独特之处，他鼓励孩子随时将幻想说出来。这等于找到了约翰说话的钥匙，他开始像讲故事一样口若悬河。父母不开心的时候，也会把儿子叫到跟前，让他随意说上一段。久而久之，约翰的自闭症不治自愈了。

约翰读完中学开始工作后，老板并不喜欢他，他总是频繁地丢工作，最后竟陷入失业的境地。约翰27岁的时候，命运出现了转机。当时，英国的娱乐业慢慢发展起来，酒吧剧院开始出现专门逗乐的综艺主持人。起先是一个矿工酒吧的老板聘用约翰给那些长期生活在井下的矿工讲故事。约翰根据听众的特点编造故事，受到了矿工们的欢迎，他也因此出名。

不久，约翰登上了剧院的舞台，开始面对更多的观众现场编造离奇故事。一个造船老板想刁难他，就对约翰说："如果你能根据我的命题编造一

幽默乐翻天

一次英语考试，考题全是选择题。结果考高分的不多，但却有一同学一题未对，考了0分。后来，英语老师问他："你是不是知道考试答案？不然怎么可以全部避开正确答案，只选错的呢？"

个故事令观众心服口服，我就将女儿嫁给你，并送上丰厚的嫁妆。"这当然难不倒约翰，他只闭眼思考了两秒钟，一个故事就出来了。故事讲完后，观众叫嚷着表示通过。造船老板恼羞成怒，但他的女儿正好是约翰的粉丝，觉得跟约翰生活肯定快活，于是执意要嫁，约翰因此得到了一个漂亮的妻子和一笔丰厚的财产。

转眼到了2001年。有一天，约翰翻开报纸，看到一则"吹牛家集结令"的消息。消息说："为挖掘民间吹牛高手，光大吹牛事业，坎布里亚郡将于11月15日举行首届世界吹牛大赛，希望民间高手汇聚一堂，一决高低，优胜者将有丰厚的奖金。"约翰眼前一亮，决定参加这场稀有的盛会。

比赛当天，坎布里亚郡涌进了来自世界各地的游客。比赛在湖区公园的草地举行，评委由观众代表担任。一时间，整个湖区到处都是赛台，到处都是吹手们高谈阔论的声音。他们有的吹自己的理想，有的吹别人的奇遇，有的针砭时弊，有人吹得观众大笑不止，有人吹得观众吹胡子瞪眼。

面对众多的对手，约翰的故事用极度放松的方式击退了观众的听觉疲劳。最后，他凭借自己超凡的想象力和幽默的牛皮故事获得了第一届"吹牛大王"奖，奖金2000英镑。

从赛场回来后，约翰立即被BBC的人请走，要他到该公司的《真实故事》节目当讲述人。约翰的辉煌岁月开始了，以此为起点，他又创办了"开心一百"俱乐部，担任俱乐部的董事长，成为了全英国家喻户晓的人物。

坎布里亚郡的吹牛大赛因为众多吹手的精彩表演而广受好评，后来，比赛每年举行一次，约翰每次都大获全胜。到2007年，约翰共6次赢得"吹牛大王"的称号。约翰面对媒体采访时说："我吹了一辈子牛，收获累累，是因为我吹的'牛'都是健康的。生活不容易，善意的搞笑就如一小撮调料，能让平淡的日子变得美味，所以，偶尔将你的小'牛'牵出来遛遛吧，给心灵放放风，多好！"

我的成长秘笈

每个人都有自己的闪光点，人生首先要做的就是放大自己的优点，使自己变得与众不同。

微笑是智慧的光芒

有一幅关于丘吉尔的摄影作品举世闻名,照片中的丘吉尔雄壮威武、英姿焕发。这张照片不但被刊登在许多报纸杂志上,而且被印成邮票在七个国家发行。这幅摄影作品,由加拿大肖像摄影师龙素福·卡什拍摄。这么一幅优秀的作品,还是他精心"设计"的成果呢!

"珍珠港事件"爆发后,丘吉尔应加拿大总理的邀请,在众议院演讲。卡什看到演讲完毕,正在休息室里一边啜饮白兰地、一边抽着雪茄烟的丘吉尔,赶紧走上前去说道:"首相先生,我希望能有幸在这历史的一刻为您拍一张照片留念。"

丘吉尔爽快答应了。

当卡什调好镜头准备拍照时,却发现镜头中的丘吉尔温文尔雅,哪像是个叱咤风云的英雄人物?于是他想了一个办法。突然,他快步走向丘吉尔,猛地把他叼着的雪茄烟拔了出来,丘吉尔见状,两眼圆睁、左手叉腰,看上去就要发脾气了。

"咔嚓"一声,卡什按下了快门。拍完照后,他马上趋步上前,微笑着向脸红脖子粗的丘吉尔深深鞠躬致歉,并双手恭恭敬敬地呈上雪茄烟,丘吉尔接过他手中的烟,不怒反笑着说道:"先生,你太厉害了,你居然制服了一头怒吼的狮子!"

我的成长秘笈

善用微笑,能平息他人的怒火;善用智慧,更能取得意想不到的成就。所以,开动你的头脑,展现你的微笑吧!

芬妮是一个脾气急躁的女孩，情绪波动极大，动辄怪罪别人，与周围人的关系越来越紧张。其他同学难以忍受她的坏脾气，都不喜欢和她玩。她没有好朋友，经常觉得自己很孤独。

芬妮向心理老师丽达求教。老师说："芬妮，你不必担忧，只要经过适当的调整，一切都会好转的。"并又建议她，"在你发脾气之前，不妨想一想，究竟是哪一点触动了你？"

收起你的坏脾气

丽达说："你可以拥有两种思考方法，一种是每件事情都在脑海里剧烈地翻搅，另一种则是顺其自然，让思想自己去决定。"说着，她拿出了两个透明的玻璃瓶，然后分别装了一半清水；随后又拿出了两个塑料袋，分别装有白色和蓝色的玻璃球。

丽达告诉芬妮："当你生气的时候，就把一颗蓝色的玻璃球放到左边的瓶子里；当你克制住自己的时候，就把一颗白色的玻璃球放到右边的瓶子里。"

此后的一段时间里，芬妮一直照着丽达老师的建议去做。

有一天，丽达来到芬妮家里进行家访，两个人把两个瓶中的玻璃球都捞了出来。她们发现，那个放蓝色玻璃球的水变成了蓝色。原来，这些蓝色玻璃球是丽达在白色玻璃球表面涂上蓝色染料做成的，一放到水里，蓝色染料就溶化到水里了，水就呈现出蓝色。

丽达看着瓶子里蓝色的水，对芬妮说："你看，原来的清水投入'坏脾气'后，也被污染了。你的言语举止，是会感染别人的，就像玻璃球一样，当你心情不好的时候，要控制自己。否则，坏脾气一旦投射到别人身上，就会对别人造成伤害，再也不可能恢复到以前的状态。"

芬妮后来发现，按照老师的建议去做，慢慢地，原来的好朋友又回到了她的身边。

我的成长秘笈

积极乐观的情绪可以让别人分享快乐；消极悲观的情绪只会让别人分担痛苦。

放轻松，浮上来

几米是最近几年大受欢迎的画家，他的漫画诙谐有趣、意境深远、耐人寻味。而就是同一个人，十多年前的画风却和现在大相径庭。那时，几米还是一个不知名的小人物，虽然奋斗了若干年，却始终找不到成功的机会，只能靠给杂志画些插图来维持生活。

贫穷的生活、卑微的身份、窘迫的经济环境，这一切都深深刺痛着几米。为了摆脱贫困交加的生活，几米开始没日没夜地拼命工作，他心里只有一个目标，那就是靠自己手中的画笔来彻底改变不尽如人意的生活。

几米太想成功了，太想得到巨大的财富、体面的生活了，就像是溺水的人太想脱离险境，太想得到生命一样。然而，老天跟他开了一个玩笑，过度劳累的几米还没有看见自己的成功就先病倒了，一场大病几乎要了他的命。生命似乎在一夜之间，就成了秋风里的最后一片挂在枝头的树叶，随风摇摆，飘忽不定。

经历了生死之变，体验到人世无常的几米突然醒悟了。出院之后他仍旧画漫画，给杂志画插图，然而他的漫画风格却有了巨大的改变。这一次，他不是为金钱、荣誉、地位去创作，他卸下了肩上沉甸甸的担子，用平和的心境去画自己，画身边的生活，画他眼中的世界。对自我的肯定，对美好生活的向往，对生命发自内心的挚爱，纯净美好的思绪都从几米的画笔中缓缓流出。

会游泳的人都懂得这样一个道理：一旦溺水了，最好的自救方法不是拼命挣扎，也不是大声呼救，而是尽量的心无杂念，什么都不要想，全身放松，只要放轻松，就能浮上水面。

几米是个聪明人，他没有被自己沉甸甸的求生欲望拉进水底，而是尽量忘记眼前的困境，身心放松，顺其自然。只要放轻松，就能浮上来。

我的成长秘笈

功利之心往往使头脑失去冷静，从而影响判断力。而保持一颗平常之心，则有助于看清自己，进而看清世界。

第三章

小习惯，
大作为

一只蝴蝶在巴西扇动翅膀，有可能在美国的得克萨斯州引起一场龙卷风。

一个微不足道的动作，或许会改变人的一生。美国福特公司名扬天下，不仅使美国汽车产业在世界独占鳌头，而且改变了整个美国的经济状况，谁又能想到这个奇迹的创造者福特当初进入公司的"敲门砖"竟然是"捡废纸"这个简单的动作？

那时候福特刚从大学毕业，他到一家汽车公司应聘，一同应聘的几个人学历都比他高，在其他人面试时，福特感到没有希望了。当他敲门走进董事长办公室时，发现门口地上有一张纸，他很自然地弯腰把它捡了起来，看了看，原来是一张废纸，就顺手把它扔进了垃圾篓。董事长对这一切都看在

播撒习惯 收获命运

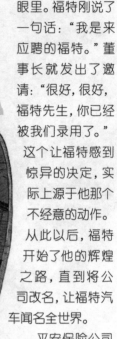

眼里。福特刚说了一句话："我是来应聘的福特。"董事长就发出了邀请："很好，很好，福特先生，你已经被我们录用了。"

这个让福特感到惊异的决定，实际上源于他那个不经意的动作。从此以后，福特开始了他的辉煌之路，直到将公司改名，让福特汽车闻名全世界。

平安保险公司的一个业务员也有与福特相似的经历。他多次拜访一家公司的总经理，而最终能够签单的原因，仅仅是他在去总经理办公室的路

幽默乐翻天

老师问一名学生："你的试卷是抄了别人的吧？"

"是的，是抄了些，但不全是。"学生答道。

"那么，哪些地方不是抄的呢？"

"嗯……我的名字就不是抄的嘛。"

上，随手捡起了地上的一张废纸并扔进了垃圾桶。总经理对他说："我透过窗户玻璃观察了一个上午，看看哪个员工会把废纸捡起来，没有想到是你。"而在这次面见总经理之前，他还被"晾"了3个多小时，并且有多家同行在竞争这个大客户。

福特和业务员的收获看似偶然，实则必然，他们下意识的动作出自一种习惯，而习惯的养成来源于他们的积极态度，这正如著名心理学家、哲学家威廉·詹姆士所说："播下一个行动，你将收获一种习惯；播下一种习惯，你将收获一种性格；播下一种性格，你将收获一种命运。"

事实上，被科学家用来形象说明混沌理论的"蝴蝶效应"，也存在于我们的人生历程中：一次大胆的尝试，一个灿烂的微笑，一个习惯性的动作，一种积极的态度和真诚的服务，都可以成为生命中意想不到的起点，它能带来的远远不止一点点喜悦和表面上的报酬。

一个人是否具有良好的习惯，直接影响着一个人的人生道路和工作事业。一位

获得诺贝尔奖的科学家在接受记者采访时曾说，"人生最重要的东西是在幼儿园学会的，把自己的东西分一半给小朋友；不是自己的东西不要拿；东西要放整齐；吃饭前要洗手；做错事要表示歉意；午餐后要休息；要仔细观察大自然。"

这位科学家出人意料的回答，说明了一个简单的道理，养成良好习惯对人一生具有决定性意义。一只木桶盛水的多少，取决于最短的木板，而不是取决于最长的木板。对于人的发展同样如此，失败往往只是由于某个细节的缺陷。

我的成长秘笈

细节决定成败，习惯决定人生。一个人是否具有良好的习惯，直接影响到未来的事业成就和人生道路。

节省每一个便士

每当夜深人静之时，常见一个身着白色睡衣的女人像影子似的穿行于白金汉宫小厅堂和走廊，熄灭仍然通明的灯光……这是当今世界最富有的女人——英国女王伊丽莎白二世。她为哪怕是最小的浪费而生气，在英国，流传着许多有关女王注意节约的故事。

诚然，伊丽莎白比达拉斯或阿拉伯的任何石油富豪和巨贾更为富有。据说，她的财产价值不下25亿英镑。伦敦市股票交易所一位工作人员透露，女王掌握的股票至少值20亿英镑，从中可得红利70万英镑。仅她所住的白金汉宫

幽默乐翻天

期末考试后，英语老师很神秘地对小明说："小明啊，这次英语考得不错啊，班长都比你少一点。"

后来公布了成绩，班长得了95分，小明得了9.5分。

（被认为是世界最佳住宅），价值就超过10亿美元。她拥有许多艺术珍宝和使任何私人集邮者都逊色的邮票，还拥有一些商店、剧场、私人住宅、森林、旅游区等等。而王室的电话和邮票是免费的，并且，免交各种捐税，这又使其增加了财富。

虽然如此富有，女王仍然十分注意节约。有句英国谚语常挂在女王的嘴边："节约便士，英镑自来。"

在白金汉宫，照明和供暖都保持在最低限度，因为女王用小电炉来暖和宽敞的大厅。应邀到郊外乡村的皇家住宅去做客的人，总是被告知需带毛衣，因为那里"暖气并非24小时都供应"，而且还需要自带酒水，因为"我们并不是大酒鬼"。

皇宫里很大一部分家具已经"老掉牙了"，几乎要散架了。自维多利亚女王时代以来，皇宫里的家具从未更新过。当参观者看到皇宫里经过修补的沙发和地毯、已经褪了色的挂毯时，无不为之惊叹。

女王坚持皇家只用印有盖尔斯王子

纹章的特制牙膏，因为这种牙膏可以挤到一点也不剩下。女王如果看见地上掉了一根绳子或带子，也要捡起来塞进口袋里，可能在什么时候这些东西会派上用场。女王很喜欢马，但在马厩里，马不是睡在干草上，而是睡在旧报纸上，因为干草很贵。

女王自己以身作则，同时要求家人也要按节约精神办事。就是她的丈夫菲利普，钱包也是扣得紧紧的。看到饭馆里酒价飞涨，到了圣诞节，他请王室成员在一家豪华酒店里吃饭时，他便自己准备一些酒水带去。

我的成长秘笈

不积跬步，无以至千里；不积小流，无以成江海。节约既是积累财富的过程，也是对良好生活习惯的培养。

威廉·詹姆斯说:灵感的每一次闪烁和启示,都让它像气体一样溜掉,这比丧失机遇还要糟糕,因为它在无形中阻断了激情喷发的正常渠道。如此一来,人类将无法聚起一股坚定而快速应变的力量,以对付生活的突变。

对此,《大英百科全书》中有关美国内容的编辑,曾在哥伦比亚大学担任新闻学教授的皮特金先生有着很深的感触。

14岁那年,沃尔特·B.皮特金就开始靠放牛、为底特律的一家干货店送货来谋生。16岁至18岁期间,他兼职赚到了足以让自己跨进大学校门的钱。随后,他通过向学生卖小商品、给报纸投稿,以及参与其他一些勤工俭学活动,赚到了足够的学费,以保证自己顺利完成大学学业。他学习了希腊语、拉丁语、法语、德语、希伯来语、阿拉伯语以及哲学和心理学。

皮特金习惯于想到了就去做,他觉得如果自己不赶紧行动,可能就会被自己说服并且放弃。这种良好的习惯不仅在他年少的时候帮助了他,在他进入好莱坞影视城发展的时候,也帮助了他。

有一次,皮特金在好莱坞时,一位年轻的支持者向他提出了一项大胆的建设性方案。在场的人全被吸引住了。但是,当其他人正在琢磨这个方案时,皮特金突然把手伸向电话并立即开始向华尔街拍电报,电文热烈地陈述了这个方案。当然,拍这么长的电报所费不菲,但它传达了皮特金的信念。

现在就去做

出乎意料的是,1000万美元的电影投资立项,就因为这个电文而拍板签约。人们在欢呼雀跃的时候也后怕了一下:假如他们拖延行动,这项方案极有可能就在他们小心翼翼的漫谈中流产。然而皮特金立刻付诸行动了。在他一生中,他培养了灵感,信赖它,将它当成他最可靠的心理顾问。很多人羡慕他办事如此简明,然而事实是,他之所以办事简明,就是因为他在长期训练中养成了"马上行动"的习惯。

我的成长秘笈

只要认为是正确的决定,就应该马上行动。拖沓的习惯不仅会浪费很多时间,也会错失良好的机遇。

Baidu知道

新闻 网页 贴吧 **知道** MP3 图片 视频 百科 文库

搜索答案　　我要提问　　我要回答 　　帮助 | 设置

问: 我买房子的花园里居然挖出了一具尸体,我该怎么办? 要不要报警?
答: 继续挖, 下面还有兵马俑。

问: 我要去纽约留学了, 在衣、食、住、行上应该注意什么?人身安全上应该注意些什么?
答: 遇见城市的天空有客机, 马上下楼!

问: 请问什么叫做超荧光? 它和荧光的区别是什么呢?
答: 区别是多了一个 "超" 字。

问: 怎样确定钢笔字的书写时间?
答: 看后面有没有签时间。

问: 请问是哪家瑞士公司生产出来可以擦眼镜的卫生纸?
答: 我倒想知道哪家公司出的卫生纸不能拿来擦眼镜?

问: 马桶和马匹的关系是什么?
答: 马桶和马匹无关系, 唯一相似就是用来坐的。

问: 我新买了一处庄园, 有多大说出来吓死你——我开车绕一圈足足用了两个半小时!
答: 嗯, 以前我也有这么一辆破车……

问: 大家聊聊双胞胎的事吧, 随便什么都行。我爸就是双胞胎, 但一个生下来就死了, 一个不到四十也去世了。
答: 你爸是哪个?

问: 我把我家的狗给揍了, 地震它也不告诉我! 平时叫得那么欢, 刚才地震时竟像没事似的在窝里睡觉!
答: 唉, 毕竟不是亲生的!

问: 你小时候曾幻想长大以后什么样的场景会让你在众人面前出尽风头?
答: 挑一担粪上街, 看谁不顺眼就迎面给他泼一瓢!

问: 大家说我长得像不像伍佰?
答: 只有一半像!

问: 抽烟的男人有味道, 还是喝酒的男人有味道?
答: 不洗澡的有味道……

问: 刘翔,中国的速度! 姚明,中国的高度! 你! 中国的?
答: 重量。

问: 海边, 有只海龟翻不过来身, 你会?
答: 拎起来, 回家煮汤……

问: 眼泪要流出来的时候不想被别人看见, 会怎么做?
答: 用手捂着别人的眼睛。

问: 你心目中最想养的宠物是什么?
答: 奥特曼。

做情绪的主人

早年在美国一个叫阿拉斯加的地方，有一个年轻人的太太因难产而死，留下一个孩子。这个年轻人因为忙于工作，又忙于家务，没有时间照顾孩子。因而他训练了一只狗，那狗聪明听话，能照顾孩子，能咬着奶瓶喂奶给孩子喝。

有一天，这个年轻人出门去了，让狗来照顾孩子。他到了别的村庄，因遇大雪，当日不能回家。第二天才赶回家，狗听到主人的声音立刻开门出来迎接主人。年轻人把房门打开一看，到处是血，抬头一望，床上也是血，孩子不见了，狗也浑身是血。主人见到这种情形，以为狗兽性发作，把孩子吃掉了，狂怒之下，拿起刀来向着狗头一劈，把狗杀死了。杀死

狗之后，他突然听到孩子的声音，随后看见孩子从床下爬了出来，于是他欣喜地抱起了孩子。奇怪的是：孩子虽然身上也有血，但并未受伤。他不知究竟是怎么一回事，再看看狗的身上，才发现狗腿上的肉没有了。他往床底下一看，床底下有一只死掉的狼，口里还咬着狗的肉。原来，狗救了小主人，却被粗心暴躁的主人误杀了。

虽然这只是一个故事，但它告诉我们：人的感觉器官是用来搜集信息

的，如果不经过大脑分析就下定论，便会产生误会，令人做出追悔莫及的事。因此，凡事一定要三思而后行。不信，我们可以再看一个真实的故事。

在一场举世瞩目的赛事中，台球世界冠军已走到卫冕的门口。他只要把最后那个8号黑球打进球洞，凯歌就奏响了。

就在这时，不知从什么地方飞来一只蚊子。蚊子第一次落在台球世界冠军握杆的手臂上，冠军停了下来，蚊子飞走了。冠军刚做好准备，蚊子又飞回来了，这回竟落在了冠军紧锁着的眉头上，冠军只好不情愿地再次停下来，烦躁地去打那只蚊子，蚊子又轻捷地脱逃了。冠军做了一番深呼吸再次准备击球。天啊！他发现那只蚊子又回来了，像个幽灵似的落在了8号黑球上。冠军怒不可遏，拿起球杆对着蚊子捅去。蚊子受到惊吓飞走了，可球杆触动了黑球，黑球当然也没有进洞。

按照比赛规则，轮到对手击球了。对手抓住机会，一口气把自己该打的球全打进了。冠军卫冕失败，他恨死了那只蚊子。可惜的是他后来患了重病，再也没有机会走上赛场。直至临终时，他仍对那只蚊子耿耿于怀。

古代宝刀的秘密

我国古代很讲究使用钢刀，优质锋利的钢刀称为"宝刀"。战国时期，相传越国就有人制造"干将"、"莫邪"等宝刀宝剑，那真是"削铁如泥"，头发放在刃上，吹口气就会断成两截。现在我们通过科学研究知道，制造这类"宝刀"的主要秘密就是钢材中含有钨、钼一类的元素。

事实上，往钢里加进钨和钼，哪怕只要很少的一点点，比如百分之几甚至千分之几，就会对钢的性质产生重大的影响。这个事实直到十九世纪中叶才被人们所认知，大大地促进了钨、钼工业的发展。有计划地往普通钢里加进一种或几种像钨、钼一类的元素——合金元素，就能制造出各种性能优异的特殊钢材——合金钢。

因为一只蚊子而卫冕失败，实在令人痛惜。但倘若那位冠军当时能以大局为重，控制好情绪，遗憾便不会发生。可见，控制好情绪对我们而言有多重要。生活中谁都难免遇到一些烦恼之事，如果任由怨恨的情绪滋生，便会被愤怒冲昏头脑，做出不理智的事，以致因小失大。因此，每个人都要理智地对待不愉快的事情，善于控制自己的情绪。

我的成长秘笈

要想有效控制局势，首先要学会控制自己的情绪。因为头脑清醒才能做出理智的判断，头脑发热只会因小失大。

一条蓝裙子就可以改变一生

艾米莉是一个12岁的小女孩。她家所在的街区又脏又乱。没有人行道，没有路灯，街道一头的铁轨每当火车经过时就会产生很大的噪声。

艾米莉的爸爸经常为找工作四处奔波，有时能找到点儿活干，有时就找不上，因而家里经济一直很拮据，他们家的屋子多年都没有粉刷过。艾米莉家的院子里连自来水也没有，她只好经常到街上去提水。

春天来了，女孩子们都穿上了漂亮的

新衣裳。但是，艾米莉还是穿着那件她已穿了一个冬季的布罩衫。有的女孩猜测，她是不是只有这一身衣服？

虽然家庭贫寒，但是艾米莉学习很用功，又懂礼貌，见了人总是笑呵呵的。只是她的脸经常没有洗干净，头发也总是很蓬乱。

一天，老师对艾米莉说："明天你来上学以前，请你为我洗洗你自己的小脸，好吗？"老师看得出，她是个漂亮的小女孩。

第二天，艾米莉洗干净了脸，还把头发梳得整整齐齐的。放学时，老师又对她说："好样的，艾米莉，让妈妈帮你洗洗衣服吧。"可是，艾米莉还是每天穿着那身脏衣服来上学。

"她的妈妈可能不喜欢她？"老师想。于是老师就买了一身漂亮的蓝裙子送给了艾米莉。艾米莉接过这件礼物又惊又喜，飞快地向家里跑去。当她穿着那漂亮的裙子来上学时，显得又干净又整齐，她兴高采烈地对老师说："我妈妈看我穿上这身新衣服，嘴巴都张大了。"

艾米莉的父亲看到穿着新裙子的女儿时，高兴地说："真没想到，我的女儿竟然这么漂亮！"全家人坐下吃饭时，他又吃了一惊：桌子上铺了桌布！家里的饭桌上从来没用过桌布。艾米莉的父亲不禁问："这是为什么？"

"我们要整洁起来了。"艾米莉的妈妈说，"又脏又乱的屋子与我们这个干净漂亮的小宝贝太不相称了！"

晚饭后，艾米莉的妈妈就开始擦洗地板，她的爸爸站在一旁看了一会儿，就不声不响地拿起工具到后院修理栅栏去了。没有几天，全家人就在院子后面开辟出了一个小花园。

随后，邻居们也开始关心艾米莉家的

变化，他们开始向市政当局呼吁：应该帮助这个家庭——修了人行道，安上了路灯，每户家庭的院子里都接上了自来水。

从此之后，艾米莉逐渐养成了爱干净的习惯，她非常重视自己的形象，衣着得体大方，后来当选为新泽西州一座城市的市长。

我的成长秘笈

要想影响别人，首先就得改变自己。良好的个人习惯，在成就自己的同时，也会使他人深受感染。

性格测试

1. 与人说话时，你眼睛会看着对方眼睛吗？　　　　　是→问题3　　　　　不是→问题2

2. 与人说话时，你的手势动作很大吗？　　　　　　　是→问题4　　　　　不是→问题5

3. 和朋友们在一起，你爱扯别人的闲事吗？　　　　　是→问题4　　　　　不是→问题6

4. 朋友向你寻求帮助，你总是会全力以赴吗？　　　　是→问题7　　　　　不是→问题10

5. 你的朋友经常来探望你吗？　　　　　　　　　　　是→问题8　　　　　不是→问题6

6. 当朋友陷入困境，他们会来找你吗？　　　　　　　是→问题9　　　　　不是→问题7

7. 你是不是爱向别人吐露自己遭遇的挫折以及个人的种种问题，常常"诉苦"？

　　　　　　　　　　　　　　　　　　　　　　　　是→问题12　　　　不是→问题10

8. 打电话时你总是说个没完，让其他人在一旁等得着急吗？

　　　　　　　　　　　　　　　　　　　　　　　　是→问题9　　　　　不是→问题11

9. 如果有人赞美你，你是不是会向他说"谢谢"呢？

　　　　　　　　　　　　　　　　　　　　　　　　是→问题13　　　　不是→问题10

10. 你是不是会关心别人的幸福？　　　　　　　　　　是→问题11　　　　不是→D类型

11. 你确实不喜欢的人，超过7个了吗？　　　　　　　是→问题13　　　　不是→问题12

12. 你遇到不如意的事，是否精神沮丧、意志消沉？

　　　　　　　　　　　　　　　　　　　　　　　　是→C类型　　　　　不是→问题13

13. 你会参加任何一位来宾都不认识的生日聚会吗？

　　　　　　　　　　　　　　　　　　　　　　　　是→A类型　　　　　不是→B类型

测试结果分析

A类型: 亲和力指数 ★★★★★

恭喜你, 你具有很高的亲和力。

你性情开朗, 乐于助人, 宽容随和, 并且懂得尊重别人; 你与人相处的原则是互利互助, 但又彼此独立, 对事物有自己独特的认识。与你在一起让人感到既愉快又轻松, 你是个处处受到欢迎的人。

但是, 你也要有所防备, 由于你常常成为大家的焦点, 记得一定要谦虚, 对待任何事物做到心平气和, 会让你的亲和力不断提升。

B类型: 亲和力指数 ★★★★

你具有较强的亲和力, 能与人融洽相处。

因为你性情稳重, 含蓄内向, 所以在交往初期, 难以很快融入一个陌生的圈子。

不过, 随着时间的推移, 你的品质和为人会赢得大家的信任。你不妨做一些人为的推进工作, 更多地敞开自己, 让别人了解自己。

C类型: 亲和力指数 ★★★

你的亲和力不是很强, 你也许是个温和、善良的人, 可是你缺乏足够的独立自主性, 遇事难得有主见, 也不能给处在困难中的朋友以有效的建议和帮助, 因此难以使人产生可以信赖的感觉。

请试着使自己 "立" 起来, 要明白与人交往是个最展示人格自由与健康的舞台, 过度的依赖或过分的感情需求, 只会使你理应担当的角色趋于失败。

D类型: 亲和力指数 ★★

很遗憾, 由于你主观上就拒绝与他人沟通交流, 你认为自己一个人就能构成一个完整的世界。与人交往不仅无法使你愉快, 反而会成为一种令你厌烦的负担。这样的心理状态, 注定了你的亲和力低下。当然也就很难有什么朋友了。

请不要为自己的特立独行沾沾自喜, 以为自己是个潇洒的人。要知道, 人总是生活在人群中, 当你将自己立于孤独的时候, 也就注定了要享受一个人的寂寞。赶快从心里改变行为方式, 要知道, 在生活中, 有他人相助总是要胜过一个人拼搏的。

比尔是班里篮球队的主力，但他考试成绩却总是不太好。

数学老师对比尔说："你的球艺那么好，为什么考试却不行呢？"

比尔说："打篮球时有人配合，可考试的时候没人合作呀。"

莫泊桑拜师

法国作家莫泊桑很小便表现出了出众的聪明才智。一天，莫泊桑跟舅父去拜访著名作家福楼拜。舅父想推荐福楼拜做莫泊桑的文学导师。可是，莫泊桑却骄傲地问福楼拜究竟会些什么。福楼拜反问莫泊桑会些什么，莫泊桑得意地说："我什么都会，只要你知道的，我就会。"

福楼拜不慌不忙地说："那好，你就先跟我说说你每天的学习情况吧。"莫泊桑自信地说："我上午用两个小时来读书写作，用另两个小时来弹钢琴；下午则用一个小时向邻居学习修理汽车，用三个小时来练习踢足球；晚上，我会去烧烤店学习怎样制作烧鹅；星期天则去乡下种菜。"说完后，莫泊桑得意地反问道："福楼拜先生，您每天的工作情况又是怎样的呢？"

福楼拜笑了笑说："我每天上午用四个小时来读书写作，下午用四个小时来读书写作，晚上，我还会用四个小时来读书写作。"

莫泊桑不解地问："难道您就不会别的了吗？"福楼拜没有回答，而是接着问："你究竟有什么特长，比如有哪样事情你做得特别好的？"

这下，莫泊桑答不上来了。于是他便问福楼拜："那么，您的特长又是什么呢？"福楼拜说："写作。"

原来特长便是专心地做一件事情。莫泊桑下决心拜福楼拜为文学导师，一心一意地读书写作，最终取得了丰硕的成果。

与其在几件事情上耗费时间，不如集中精力做好一件事情。

凭借一心一意的学习态度，才能掌握一技之长。

养成勤俭的习惯会让你受益终生

艾米莉一家是移居美国的犹太人。她的父亲叫威廉·马丁，是一位小商贩。艾米莉是威廉的小女儿，在父亲的影响下，她从小就养成了勤劳的习惯，并且学到了一些经商的小窍门。

艾米莉小的时候，由于家庭经济不宽裕，进入学校读书的机会并不多。但她喜欢看书，善于利用空闲时间看书。几年之间，她利用空暇阅读了很多书籍，看问题的视角也变得宽广了。到了十多岁时，她就开始考虑自己怎么创业了。为了寻找致富之路，少年艾米莉经常寻找机会打工挣钱，好不容易攒到5美元，她决定将这5美元用于购买书籍，从书本中找到发家致富的方法。

有一天，小艾米莉在一份报纸上看到了出售《发财秘诀》的广告，连夜赶到书店去购买这本书。她来到了书店，顺利地买到了这本书，心里很兴奋，就急忙拿着书赶回家。到了家里，她激动地拆开这本书的外包装，翻开一看，大失所望。

原来，这本书中空无他物，全书仅印有两个大字："勤俭"。艾米莉感觉是自己上当受骗了，心里十分生气，随即把书扔到地上，并想马上到书店去找老板算账，控告他和作者骗人。但天色已晚，她估计书店已经关门了，就打算第二天再去找书店老板理论。

那天晚上，艾米莉躺在床上，辗转反侧，难以入眠。起初，她对该书的作者和书店老板很愤怒，抱怨他们为什么在书上只印上这两个简单的字来骗人，使她好不容易挣来的5美元血汗钱就这样"打了水漂"。夜深了，她的怨气也慢慢地消退了。

"为什么作者仅用这两个字出版一本书呢？"

"为什么又选用'勤俭'这两个字呢？"

艾米莉仔细一想，觉得"勤俭"这两字的确富有深刻的含义。她越想越觉得作者有自己的用意，越想越觉得勤俭是人生立世和致富的根本。她终于大彻大悟了！

想到这里，天已亮了，艾米莉赶紧把那本书从地上捡了起来，用细布擦去灰尘，并深深地吻了它一下，然后端端正正地摆在卧室的书桌上，作为她奋斗创业的座右铭。从此，她努力地去打工，并把每天挣来的钱，除了上交家里一部分外，其余的全部都存起来，准备用做以后创业的本钱。就这样，艾米莉坚持了5年，终于积攒了800美元，她就用这笔钱开创她的事业，后来成为了实业界的大亨。

我的成长秘笈

坚实的财富是需要努力和节俭才能追求到的，同时也需要时间和毅力。

小春香每天从学校回家总爱去路边的一个礼品店看一看，看见店里有新进的玩意儿，她总想买一个拿回家去玩。可是一旦她买了这些新玩意儿，过不了多长时间就会扔到角落里了。

小春香的妈妈是一位职业理财师，她为了预防女儿养成花钱大手大脚的习惯，就决定帮女儿改掉这个毛病。

有一天，妈妈对女儿说："家里过日子要用钱的地方不少，爸爸和妈妈挣来的钱不多，你要养成节约的习惯。每个月给你的零花钱要节省点花，如果提前花完了，这个月就不会再给了。"

小春香听了妈妈的话，点点头表示同意。

过了半个月，小春香的零花钱就花光了。她向妈妈求助，妈妈拒绝了女儿，她说："这是与你约定好的，怎么能随意改

节俭的习惯要从小养成

变呢？在接下来的半个月里你什么都不要买了。"

小春香有个好朋友过生日，邀请小春香和几个同学去家里玩。受邀请的那几个同学一起给好朋友买生日礼物，可是小春香没有了零花钱，她只好向同学借钱来买。

总算挨到下个月了，小春香希望妈妈能多给一点零花钱，弥补上个月的"亏空"。妈妈认真地说："家里的日常开销是没有办法减掉的，给你的零花钱也没有办法增加，还是这个数，你自己节省一点吧。"

小春香还清了欠别人的钱，余下的零花钱就不多了。于是，她知道要有点计划了，不能像以前那样没有节制，不是十分必要的她就不买了。到了月底，零花钱竟然还没有花完。

这样过去了几个月，小春香路过礼品店再也不随意买东西了。即使陪妈妈上街购物，她也知道货比三家了。

我的成长秘笈

只有细水，方能长流；只有善于理财的人，才懂得怎样规划人生。从小养成良好的习惯，能让人受益终生。

陈奕迅

外文名：Eason Chan
别名：阿臣，医生，E神，E臣，陈小胖
国籍：中国
出生地：香港
出生日期：1974年7月27日
身高：171 厘米
体重：160磅
职业：歌手，演员
毕业院校：英国金斯顿大学
经纪公司：环球新艺宝唱片
代表作品：《夕阳无限好》、《阿牛》、《浮夸》
现住地：香港跑马地

　　著名实力派粤语流行音乐歌手、演员，香港演艺人协会副会长之一，被认为是香港流行音乐新时代的指标人物之一。曾被美国《时代》杂志形容为影响香港乐坛风格的人物，同时也是继许冠杰、张学友之后第三个获得"歌神"称号的香港男歌手。其专辑《U87》被《时代》杂志评为2005年亚洲五张最值得购买的专辑，而《Special Thanks To……》和《不想放手》曾获得"金曲奖流行音乐类最佳国语专辑奖"。

明星·小·档案·

周杰伦

外文名：Jay Chou
出生日期：1979年1月18日
国籍：中国
身高：173 厘米
兴趣爱好：音乐创作、打篮球、弹钢琴、变魔术、弹吉他
星座：摩羯座
职业：歌手、演员、老板、音乐制作人
经纪公司：杰威尔音乐有限公司
音乐作品：《七里香》、《范特西》、《十一月的肖邦》等
导演作品：《熊猫人》 、《不能说的秘密》

　　中国台湾华语流行歌手、音乐创作家、作曲家、作词人、制作人、杰威尔音乐公司老板之一、导演。周杰伦是2000年后亚洲流行乐坛最具革命性与指标性的创作歌手，有"亚洲流行天王"之称。他突破原有亚洲音乐的主题、形式，融合多元的音乐素材，创造出多变的歌曲风格，尤以融合中西式曲风的节奏或嘻哈蓝调最为著名，可以说是开创华语流行音乐"中国风"的先声。周杰伦的出现打破了亚洲流行乐坛长期停滞不前的局面，为亚洲流行乐坛翻开了新的一页！

一天，地理老师拿着试卷进了我们班。课上，他对我们说："这次考试，我们班只有李永同学及格了，那么，下面请他介绍一下做题经验。李永，你说一下吧？"

李永挠着头，傻呵呵一笑，慢腾腾站起来，说："老师，我是蒙的。"

不乱花一分钱

安萨里·史密斯是一个身家上亿的美籍伊朗裔女富豪。虽然她坐拥亿万家财，可她却开着一辆老旧的货车，戴着印有沃尔玛超市这种大众化标志的棒球帽；她理发时去镇上的小理发店；在折扣店里购买便宜的日常用品；公务外出时，她总是尽可能与女同事合住一个房间，而且选择的旅馆多是中档的；外出就餐时，她经常去家庭式小餐馆……

安萨里的节俭是出了名的。认识安萨里的一些人无法理解她为什么如此节省，他们对安萨里作为一个亿万富豪开着一辆破旧的小货车，或在超市里买衣服等做法大惑不解。也许，这只能从安萨里的成长经历中寻找原因。

安萨里出生在伊朗中西部小镇上的一个普通农民家庭，成长于大萧条时期，这一切造就了她努力工作和节俭的生活方式。安萨里公司的一位经理这样说

小王一边刷牙，一边悠闲地吹着口哨，他是怎么做到这一点的？

——小王刷的是假牙。

什么门永远关不上？

——球门。

船边挂着软梯，离海面2米，海水每小时上涨半米，几个小时海水能淹没软梯？

——水涨船高，所以永远不会淹没软梯。

道："我们就是这样长大的。当有一枚一便士硬币丢在街上时，有多少人会走过去把它捡起来？我打赌我会，而且我知道安萨里也会。"因为安萨里从小就体会到了每一分钱的价值，她深知每一分钱都是辛苦赚来的，因而始终保持着相当简朴的生活，与一般中产阶级家庭的生活水准几乎没有差别。她坦言，她并不指望她的子孙

将来为上学去打工，但如果他们有追求奢华生活而不努力工作的想法，即使在她百年之后，她也会从地底下爬出来找他们算账的。所以，她告诫他们：最好现在就打消追求奢华生活的念头。

有一次，一名员工被安萨里派去租车，很快安萨里又叫他退租，原因很简单，因为她不愿租用任何一种比小型汽车更大的汽车。这位员工解释说，安萨里不愿意让人看见她用的东西比下属用的更好。安萨里搭乘飞机时，也只买二等舱。有一次安萨里要去南美，下属只买到了头等舱票，结果她很不高兴，但是也不得不去，因为这是最后一张票了。她的助手说："这是我知道的她唯一一次坐头等舱的经历。"

安萨里在自传中写道："我从很小时就知道，用自己双手挣取一美元是多么地艰辛，而且也体会到，当你这样做了，这是值得的。有一件事，我和爸爸妈妈的看法一致，那就是绝不乱花一分钱！"

我的成长秘笈

每一分钱都浸透着汗水，每一份付出都应该格外珍惜。亿万富翁尚且如此，我们还有什么理由铺张浪费呢？

每一个细节都要追求完美

埃斯泰·劳德出生于一个普通的家庭，没上完中学就开始上街推销舅父调制的护肤膏。

为了增加销售量，埃斯泰经常走街串巷，虽然早出晚归，十分辛苦，然而销售量仍然达不到她期望的目标，那么问题究竟出在哪里呢？她百思不得其解。

有一天，埃斯泰委婉地问一位女士："请您告诉我，您刚才为什么拒绝购买我的产品？是我缺乏推销技巧吗？"

女士回答说："不是技巧的问题，推销要什么技巧？如果我觉得你在卖弄技巧，我就会将你赶出去的！是你的气质形象不佳，让我感觉你就是一个低层次的人，这怎么能让我相信你的产品是高质量的呢？"

显然，这位女士的话里带有对埃斯泰

流行网络用语

1. 不吃饱哪有力气减肥啊？

2. 睡眠是一门艺术——谁也不能阻挡我追求艺术的脚步。

3. 早起的鸟儿有虫吃，早起的虫儿被鸟吃。

4. 天哪，我的衣服又瘦了！

不敬甚至侮辱的成分，但埃斯泰丝毫没有介意。她兴奋地认为自己找到了销售问题的关键：那就是推销人的气质形象问题。

埃斯泰回想起自己推销的过程：每天到处上门推销，整日风尘仆仆的，衣服洗了也没有时间熨烫平展，鞋子上落了尘土也顾不上擦干净……以这样的个人形象在写字楼里走来走去，顾客们无形之中就会怀疑产品的质量和品位。尽管推销的产品质量很高，但如果她们把它看做是那种沿街叫卖的"地摊货"，这样谁还愿意购买呢？

于是，埃斯泰决心培养自己的自信，努力改变自己的气质，精心包装个人形象。她每日再忙也要熨烫好外出的衣服，出门前把皮鞋擦得光亮，言行举止也模仿名门闺秀的样子，与之前的她相比简直判若两人——显得很有魅力！

慢慢地，越来越多的顾客愿意购买埃斯泰推销的产品了。从此，她一发不可收拾，最终建立了雅诗兰黛化妆品集团公司，成为世界化妆王国中的皇后。

埃斯泰·劳德告诉我们，完美取决于细节，这是成功的重要条件。在学习和生活中，女孩子都应该注意细节，追求完美。

我的成长秘笈

细节决定成败，习惯成就未来。在学习、生活和工作中，做好了点点滴滴的细节，也就做好了人生的全部。

每天抽出10分钟

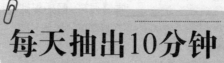

一个秋日的下午，学生们陆续回家了，校园里恢复了宁静。

女生琳达像往日一样，利用课后时间来到学校的琴房练琴。她打开琴盖，弹奏理查德·克莱德曼的名曲《秋日私语》，优美的旋律回荡在空旷的琴房里，纯美的音质显示出弹奏者深厚的功底。

悠扬的琴声吸引来了一位年轻的老师，她听见琴房的声音后轻轻地走了进来。

老师羡慕地问琳达："我是新来的数学老师，如果我能像你这样娴熟地演奏，需要练习多长时间？"

琳达微笑着说："10分钟。"

老师感到疑惑也很吃惊。

琳达认真地说："是真的！不过我说的是每天10分钟。"

两个人交谈了一会儿，谈话中老师不停地点头称赞。原来，琳达只是一个八年级学生，以前根本不具备多少音乐常识。5年前，一个富商捐赠给学校一架钢琴，因为学校里几乎没有人会弹，那架钢琴便一直放在琴房里，很少有人碰它。于是，琳达便利用每天课间的10分钟，到琴房里练琴。每次练习她只有10分钟的时间，上课铃声一响，她就得赶紧跑回教室。

后来，学校里有了音乐教师，她仔细听了琳达弹的《秋日私语》，除了弹错一个音符之外，其他地方竟然无懈可击。5年来，就靠这每天的10分钟，琳达的演奏竟达到了这样的水平，已经远远超出了一般人的想象，连音乐教师也由衷地为她鼓掌。

我们的生命是由时间组成的，浪费时间就是浪费生命。所以卢梭说："浪费时间是一大罪过。"10分钟虽然微不足道，但每天都抽出10分钟去做某件事，却是很难得的。

我的成长秘笈

绳锯木断，水滴石穿，这便是积累产生的惊人能量。每天10分钟很容易做到，但可贵之处在于长期坚持。

第四章

把学习当成
一种乐趣

再晚的开始也不晚

人生的事业开始得有早有晚。事业开始得早，青少年时代就起步，早早地学业有成，这固然可喜；但是，在中老年时才开始起步，也同样珍贵。

学习语言，在37岁的年龄可能是比较晚了，尤其是异邦人士学习艰难的古汉语。但是，英国科学家李约瑟却证明这并不算晚。李约瑟是英国皇家学会会员，在生物化学领域有重要成就。在他37岁那年，3个中国研究生跟他学习生物化学时告诉他，中国古代有巨大的科学成就，舍此则一切科学史都将是不完整的。李约瑟沉思良久，开始了人生新的长征——学写汉字，学说汉语，一字一字地啃古汉语。终于，他成为一个中国通。他54岁那年，出版了《中国科技史》第一卷，到他90岁时已出了15卷。如果没有37岁的那个不早的开始，他就不可能在这个领域独领风骚。

老来失偶的李约瑟于1989年与在共同研究中国科技史时结下深厚情谊的鲁桂珍在教堂里结婚，这一年他90岁。他说："两个八十开外的老人站在一起，或许看上去有点滑稽。但是我的座右铭是'就是迟了，也比不做强'。"

身患绝症，来日无多，似乎一切都已经晚了。延续生命、与疾病抗争，已经是比较积极的心态了。但是，日本哲学家中江兆民一生中最重要的事业却是在得悉身患癌症之后开始的。1900年在中江兆民53岁那年，医生发现他患了喉头癌，最多只能再活1年半。时间不多了，他没有时间担忧，他开始动笔写一生中最重要的著作《一年有半》，完成后又紧接着写另一部著作《续一年有半》。这两部著作也是日本明治维新时期最有影响的著作之一。书成之日，他长吁了一口气，对朋友们说："一年半，诸君说是短促，余则曰极为悠长。若须说短，十年亦短，五十年亦短，百年亦短。"如果没有一年半前的勇敢的开始，就不会有这种光辉的结束。

我的成长秘笈

人生好比一次旅行，从哪里出发并不重要，关键看你走向哪里。从现在开始努力学习，为时不晚。

受用无穷的经验

约翰是个非常有名的管理顾问。一走进他的办公室，马上就会觉得自己"高高在上"似的。办公室内各种豪华的摆饰、考究的地毯、忙进忙出的人潮以及知名的顾客名单都在告诉你，他的公司的确成就非凡。

但是，就在这家鼎鼎有名的公司背后，藏着无数的辛酸血泪。

他创业之初的头六个月就把十年的积蓄用得一干二净，一连几个月都以办公室为家，因为他付不起房租。他也婉拒过无数的好工作，因为他坚持实现自己的理想。他也被顾客拒绝过上百次，拒绝他的和欢迎他的客户几乎一样多。

就在整整七年的艰苦挣扎中，约翰没有说过一句怨言，他经常说："我还在学习啊。这是一种无形的、捉摸不定的生意，竞争很激烈，实在不好做。但不管怎样，我还是要继续学下去。"

约翰真的做到了，而且做得轰轰烈烈。

有一次，朋友问他："事业把你折磨得疲惫不堪了吧？"

他却说："没有啊！我并不觉得那很辛苦，反而觉得是受用无穷的经验。看看《美国名人榜》的生平就知道，这些功业彪炳千秋的伟人，都受过一连串的无情打击。只是因为他们都坚持到底，才终于获得辉煌成果。"

我的成长秘笈

弱者把挫折看做无法跨越的鸿沟，因而总是停滞不前；强者则把挫折当做经验和财富，因而能够绝处逢生。

当齐格在纽约市戴尔·卡耐基学院做教员的时候，遇到一个十分杰出的推销员。他名叫埃德·格林，那时已60多岁了，他的年收入大约为7.5万美元。

一天晚上下课后，齐格要和格林谈谈，并且很直率地问他，为什么要选这门课，因为教课的3个老师的薪水加起来也不比格林的多。

格林笑着回答说："齐格，让我先给你讲个小故事：

当我还是一个小男孩的时候，有一次我的爸爸带我参观了我们家的菜园。爸爸可以说是当时那个地区最好的园丁，他在园子里辛勤耕作，热爱它，并且以自己的成果为荣。当我们参观完之后，爸爸问我从中学到了什么。"

格林继续笑着说："而我当时只能看出来爸爸显然在这个园子里很下了番功夫。对这个回答爸爸有些沉不住气了，他对我说：'儿子，我希望你能够观察到当这些蔬菜还绿着时，它们还在生长；而一旦

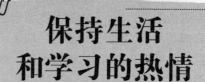

保持生活
和学习的热情

它们成熟了，就会开始腐烂'。"

格林讲完这个故事后，说："你知道，我一直没有忘记这件事，我来上这门课是因为我认为自己能从中学到些什么。坦白地说，我确实从其中一节课中学会了一些东西，那使我做成了一笔生意并得到了上万美元，而我曾花了两年多的时间试图做成它。我所得到的这笔钱能够付清我这一生接受促销培训的所有花费。"

我的成长秘笈

保持对生活和学习的热情，能使生命充满活力，没有它们人生便失去了源头活水。

"敢碰困难"和"肯学"的科学家

1986年10月15日,美籍华人李远哲荣获1986年诺贝尔化学奖。瑞典皇家科学院说,李远哲和这次一同获诺贝尔化学奖的哈佛大学美国科学家赫希巴赫、多伦多大学加拿大籍教授波兰尼为化学研究打开了新的领域,对微观反应动力学的发展做出了卓越的贡献。

李远哲的成功,除了有一定天资以外,超乎寻常的努力和锲而不舍的精神,是最主要的原因。小时候他读书时,每夜躲在实验室,碰到问题,不管三更半夜,拿起电话就打到指导老师家里。他自己说,初中时看了《居里夫人传》,就立定志向,将来要在化学界一展抱负。

李远哲上大学时,虽身在化学系,却到物理系选了不少课。他像一头牛钻进菜园一样,头也不抬地"吃"起来。大一暑假,他没有回家,跟化学系几位高年级同学研讨热力学。当时有很多东西不懂,只有请教老师,后来把老师问住了,老师对他说:"大一学生不要念这个,到了大四会念到。"

与李远哲相交三十多年的清华大学教授张昭鼎认为,"敢碰困难"和"肯学"是李远哲具有的最重要的特质。他回忆道:李远哲一做起实验就什么事都不顾了。在清华大学研究所时期经常如此,到美国当大学教授后还是一如从前,半夜是他正常的下班时间,不回家才算是"加班"。李远哲的实验室四面无窗,有一次实验连做了三天三夜,他自己根本不知道日出日落。

李远哲绝不错过任何一个吸收新知识的机会。就在他获得诺贝尔奖的第二天,他还把他担任的"化学动力学"课的全班学生带到物理科学馆讲演厅,并跟百余位学生一样坐在台下,兴致盎然地观看一名英国教授做各项有关爆炸的化学实验,并专心倾听长达一个半钟头的实验讲解。

我的成长秘笈

人生的理想和未来,总是把握在自己的手中。每一个成功者都有很多艰辛付出的故事,没有人能够随随便便成功。

不断充实自己的专业知识

颜墨高1961年22岁时进入美国银行当信贷业务学员，开始了他的银行家生涯。颜墨高像现在美国许多年轻人一样，在工作了一段时间之后，对自己的学识感到不足，产生了回大学深造的意愿。这种意愿，实际上与他自己在事业上的前途有密切关系。

第二次世界大战结束之后，美国银行业发展迅速，竞争激烈。一个人在银行里工作，如果没有高深的专业知识和较高的学历，银行当局就不会委以重任，个人的事业前途就有了阻碍。因此，有一段时间，颜墨高离开了美国银行，进美国斯坦福大学读研究生，取得了商业管理硕士学位。之后，他参加美国总统的行政交换计划，被派往华盛顿美国政府国会的货币事务处工作。

颜墨高在离开美国银行之后，有了在政府货币机构中工作的经验，有了比过去更高的学历，这使他幸运地再次被美国银行雇用，并且被派到伦敦去，担任美国银行伦敦分行经理。他的工作地点后来多次变动。

1971年，他第三次被调往伦敦工作，出任美国银行伦敦分行副总裁。

1977年，他第四次被调往伦敦工作，担任美国银行欧洲、中东和非洲区的负责人。这之后几年里，他又担任过美国银行内部货币及贷款政策委员会的高级人员及主席。最后，他在美国银行前任行长克劳逊退休之后，晋升为美国银行总行行长。

颜墨高从初进美国银行当信贷业务学员，到1981年年仅40多岁就当上了这家美国及全世界最大私营银行的总裁，前后不过20年，堪称奇迹。可是，纵观颜墨高过去20年的经历，他的成功与他个人的不断奋斗、充实自己的专业知识、提高自己的业务能力、丰富自己的工作经验有极其密切的关系。

我的成长秘笈

学习虽然会占用一些时间，但它却以提高能力和效率的方式，对学习者进行补偿。有学习的意愿才有提升到更高层次的机会。

Q版 老师秀

各科老师乐翻天

忘我投入型

"我今天带来一只青蛙,"动物学教授对学生们说,"刚从水塘里捉来的。这节课我们要解剖青蛙。"

他拿出一个纸盒,小心地打开。盒子里是一块火腿三明治。

"奇怪,"教授十分惊讶,"我明明记得吃过午餐了嘛。"

义愤填膺型

高中历史老师每次上课,翻开中国近现代史,都只说三个字:气!急!恨!那天上课铃声一响,老师就把桌子一拍:"都已经高三了,你们怎么都不努力点,还有同学反映历史很难记,怎么能这样说呢?都是些历史常识,比如袁世凯,男的啊!"当时我们是哭笑不得啊!

自我陶醉型

初中数学老师经常对我们说:"无穷有多远,和未来一样远,和梦想一样远!"有一次上课,老师以自己右手中指为圆心,拇指、食指拿着粉笔画了一个圆,当全班惊呼时,老师说:"这没什么,10个老师里就1个会,就是我。"画完之后,有同学开玩笑说:"老师,您老画得还不够好!"老师看后说:"确实不够标准,不行,我要重画,要追求完美……"就这样折腾了N秒之后,说了一句:"算了,就这样吧,世界上根本没有完美。"当时全班狂笑!

胡天胡地吹水型

这类老师很会讲故事,一般也是男老师,走南闯北偶尔还出趟国,能耐比较大,见多识广,嘴皮子很有一套,听他上课不会打瞌睡。

不过,这种老师的课只能听一个学期,因为到了第二学期,你会发现他已经开始讲重复的故事了。

八斗之才型

学富五车,知识面非常广,用最通俗的话来说就是,"你太有才了"。他们是用自己的学识吸引学生,从来不用点名,但他的课堂从来都是人满为患。

两次倒数第一之后

苏步青出生在浙江一个农民家庭。从小跟着父亲学会了割草、喂猪、放牛等农活儿。他喜欢读书，每当放牛回家，路过私塾，苏步青总要停在那儿听一阵，他常借一些书来读，《水浒》、《聊斋》、《左传》，都不止读了一遍。虽然那时候他年纪小，读起来似懂非懂，却爱不释手。

苏步青9岁那年，父亲送他进县城第一小学当一年级的插班生。从山沟里来到县城，苏步青大开眼界，看到的、听到的样样都感到新鲜。他整天玩耍，把功课全丢到了脑后，期末考试苏步青竟得了倒数第一名。

第二年，苏步青转到水头镇求学。因为家庭贫穷，有的老师看不起他，甚至还故意刁难。有一次，他写了一篇作文，其中有两句佳句，整篇文章也写得很有特色。不料老师却怀疑他是抄来的，后来查清是他自己写的，仍给

幽默乐翻天

父亲新买了一架测谎仪，被测的人如果说谎，它会响起来。他问儿子马丁："你的数学成绩怎样？"

马丁："A。"测谎仪响了起来。

马丁又说："B。"测谎仪又响了起来。

马丁连忙又改口："C。"测谎仪仍然响了。

父亲非常生气地喊道："我小时候都是A！"突然，测谎仪不但响了起来，而且翻倒了。

他的作文批了"差等"。这件事深深地伤害了苏步青的自尊心，他就用不听课、尽情玩耍来抗议。结果，这年他又得了倒数第一名。

新学年开始，一位叫陈玉峰的老师发现这小孩挺聪明，就是贪玩不用功，就找他谈话，并启发他："不好好念书，对得起你的父母吗"？苏步青听后，觉得惭愧，但心里并不服气。陈老师又循循善诱道："文章好坏，不是哪个老师决定的；个人的前途靠自己去争取。我看你的资质不差，又能吃苦，只要努力学习，一定会成为有用的人才……"

陈老师的话像鼓槌一样，敲着苏步青的心。他左思右想，决心不辜负老师的期望，做一个有所作为的人。

从此，苏步青发愤学习。为了看懂

趣味 科学常识

大象能模仿周围的声音

大象也和鹦鹉一样能"学舌"。美国和挪威科学家曾指出，大象和鹦鹉、海豚、某些鸣禽以及人类一样，具有模仿声音的能力。动物学家在肯尼亚发现了能模仿周围声音的大象，它发出的声音像非洲高速公路上卡车的"隆隆"声。而在瑞士一个公园里，曾经与亚洲象生活在一起的一头非洲公象，学会了亚洲象所特有的那种欢快的叫声。

科学家表示，这是人们首次发现非灵长类的陆地哺乳动物具有模仿、学习声音的能力。

《东周列国志》，他步行了几十里山路，向别人借来《康熙字典》，遇到难字、生字，他总要逐个查阅，直至弄懂。假日，他回家一边放牛，一边骑在牛背上背诵《唐诗三百首》。

这一学年，他一跃成为全班第一名。在以后的求学期间，他每次考试成绩都是第一。

1914年，苏步青以优异的成绩，考入中学。这时，他已经能滚瓜烂熟地背诵《左传》，由于他博览群书，在同学中获得了"文人"的称号。后来，他走上了研究数学的道路，成为我国著名的数学家。

我的成长秘笈

每个人都有失败的经历，弱者从此自暴自弃、一蹶不振；而强者却能够顿悟自省，进而发愤图强。

鲁迅成功的秘诀

鲁迅的成功，有一个重要的秘诀，就是珍惜时间。鲁迅12岁在绍兴城读私塾的时候，父亲正患着重病，两个弟弟年纪尚幼，鲁迅不仅经常上当铺、跑药店，还得帮助母亲做家务。为避免影响学业，他必须做好精确的时间安排。

所以，每天邻居们都会看到鲁迅早早出门去当铺，然后选择最短距离的路线直奔药店，在家里一边帮父亲熬药，一边拿出书来读，争分夺秒地学习。有一次，甚至把药都熬糊了，但是母亲没有怪他，她抚摸着鲁迅的头伤心地说："我不应该让你做这些事情，应该让你有更多的时间学习才是啊！"

此后，鲁迅几乎每天都在挤时间。但是他只是加快了自己走在路上的脚步，好节省出时间来帮助母亲做家务，也好给自己多一些时间来学习。

后来，鲁迅离开家去外地读书，依然秉持着这种精神，珍惜每一寸光

幽默乐翻天

雅克从学校里回来说："妈妈，今天在校园里有一个孩子掉到水坑里去了。所有的孩子都笑了，只有我没笑。"

"你做得对，雅克，"妈妈说，"你真是个好孩子。那么是谁掉进水坑里的呢？"

"是我……"

阴。他说："时间，就像海绵里的水，只要你挤，总是有的。"鲁迅读书的兴趣十分广泛，又喜欢写作，他对于民间艺术，特别是传说、绘画，也深切爱好；正因为他广泛涉猎，多方面学习，所以时间对他来说，实在非常重要。他一生多病，工作条件和生活环境都不好，但他每天都要工作到深夜才肯罢休。

在鲁迅的眼中，时间就如同生命。"美国人说，时间就是金钱。但我想：时间就是性命。倘若无端地空耗别人的时间，其实是无异于谋财害命的。"在他的眼里时间是如此的宝贵，而浪费别人的时间的人又是如此的可恶，因此，鲁迅最讨厌那些"成天东家跑跑，西家坐坐，说长道短"的人，在他忙于工作的时候，如果有人来找他聊天或闲扯，即使是很要好的朋友，他也会毫不客气地对人家说："唉，你又来了，就没有别的事好做吗？"这种不客气的态度，让对方很不好意思，也就只好赶紧离开了。久

脑筋急转弯

汽车在右转弯时，哪一个轮胎不转？
——备用轮胎。

一个人被老虎穷追不舍，突然前面有条大河，他不会游泳，但他过去了，请问他怎么过去的？
——吓昏过去的。

用什么可以解开所有的谜？
——答案。

而久之，朋友们若没有重要的事情，就不敢去打扰他，因为浪费了鲁迅的时间是要被他讽刺的。

鲁迅甚至利用别人喝茶聊天的时间，抓紧学习和创作，所以鲁迅取得了巨大的成绩。他不仅是一个文学家，更是一位革命家，他口诛笔伐、针砭时弊，写出了很多激动人心的文章，成为当时进步青年们学习的榜样。

我的成长秘笈

时间，就像海绵里的水，只要你挤，总是有的。一个人对待时间的态度，决定着他能否有所作为。

爆笑图片

网络真方便

狗狗大头贴

超狗

狗八戒

再来一张

唉！岁月不饶人哪

看我像老大吗

温馨的育婴房

这发型最流行

看清了，我是狗狗

5分钟5分钟地去练习

卡尔·华尔德曾经是美国近代诗人、小说家和出色的钢琴家爱尔斯金的钢琴教师。有一天，他给爱尔斯金教课的时候，忽然问他："你每天要练习多少时间钢琴？"

爱尔斯金说："大约每天3至4个小时。"

"你每次练习，时间都很长吗？是不是有个把钟头的时间？"

"不，不要这样！"卡尔说，"你将来长大以后，每天不会有长时间的空闲的。你可以养成习惯，一有空闲就几分钟几分钟地练习。比如在你上学以前，或在午饭以后，或在工作的休息余闲，5分钟、5分钟地去练习。把小的练习时间分散在一天里面，如此则弹钢琴就成了你日常生活中的一部分了。"

14岁的爱尔斯金对卡尔的忠告未加注意。

后来当爱尔斯金在哥伦比亚大学教书的时候，他想兼职从事创作。可是上课、看卷子、开会等事情把他白天和晚上的时间完全占满了。差不多有两个年头，他一字不曾动笔，他的借口是"没有时间"。

后来爱尔斯金想到了在他年轻时卡尔·华尔德先生告诫他的话。于是，他开始把卡尔的话实践起来。只要有5分钟左右的空闲时间，他就坐下来写作100字或短短的几行。出乎意料之外，在那个星期的终了，爱尔斯金竟写出了相当多的稿子。后来，他用同样积少成多的方法，创作长篇小说。爱尔斯金的授课工作虽一天比一天繁重，但是每天仍有许多可利用的短短余闲。他同时还练习钢琴，发现每天小小的间歇时间，足够他从事创作与弹琴。

我的成长秘笈

时间对每一个人都是公平的，成功者的秘诀便在于：他们善于化零为整、积少成多，充分而有效地利用时间。

霍金勤奋成大业

史蒂芬·霍金出生于英国的牛津，他年轻时就身患绝症，然而他凭着坚强的意志、勤奋好学的精神，最终战胜了病魔，成为举世瞩目的科学家。

霍金在牛津大学毕业后即到剑桥大学读研究生，这时，他被诊断患了"卢伽雷病"，不久，就完全瘫痪了。1985年，霍金又因肺炎进行了穿气管手术，此后，他完全不能说话，依靠安装在轮椅上的一个小对讲机和语言合成器与人进行交谈；他看书必须依赖一种翻书页的机器，读文献时需要请人将每一页纸都摊在大桌子上，然后，他驱动轮椅如蚕吃桑叶般地逐页阅读……

但霍金没有因为病痛的折磨而放弃对学习的渴望，正是在这种一般人难以置信的艰难中，他成为世界公认的引力物理科学巨人。霍金在剑桥大学曾担任过"卢卡逊数学讲座教授"之职，他的黑洞蒸发理论和量子宇宙论不仅轰动了自然科学界，并且对哲学和宗教也有深远影响。霍金还在1988年4月出版了《时间简史》，此书已用33种文字发行了550万册。如今在西方，自称受过教育的人若没有读过这本书，会被人看不起。

我的成长秘笈

霍金以勤奋好学、顽强不屈的精神，诠释了生命的真正意义。每一个体魄健全的人，更应该珍惜时光，发愤学习。

知识是最大财富

孜孜不倦地研读，从未间断。当他和布兰都小姐结婚时，只有一大堆五花八门的机械方面的书籍而已，其他值钱的东西则一无所有；但他已拥有了比金钱更宝贵、更有价值的机械知识。

几年后，福特的父亲给了他200多平方米的土地和一栋房屋。如果他未研读机械方面的书籍，终其一生，也许只是一个平平凡凡的农夫而已。但"水向低处流，人往高处走，"已具有丰富机械知识、胸怀大志的福特，却朝着他向往已久的机械世界迈进。此时，从书本上得来的知识，便助他开创出一番大事业。

功成名就之后，福特曾说道："积蓄金钱虽好，但对年轻人而言，学得将来经营所必需的知识与技能，远比蓄财来得重要。"

福特少年时，曾在一家机械商店里当店员，周薪只有2美元。他自幼好学，尤其对机械方面的书籍更是着迷。因此他每星期都花两块三分钱来买书，

幽默乐翻天

汤姆："你的弟弟怎样了？"

约翰："他受伤躺在床上。"

汤姆："真糟糕！发生了什么事情？"

约翰："我们玩一个游戏，看谁能够把身子伸出窗外最远，结果他赢了。"

我的成长秘笈

财富只能证明现在，而知识却能决定未来。知识和技能的储备对年轻人至关重要，因为机会总是留给那些有准备的人。

第五章

品质

如玉形如兰

有残疾的女孩

一天，玛丽正在和胡克等一群小伙伴玩，一辆狂奔的马车将她撞倒在街上，她的右臂被夹在一辆篷车的两条轮棒之间。

此后，玛丽的这只膀子就被固定而成一种V字形。这个V字可以前后摆动，指头也略可以屈伸，但就是不能展臂。当她奔跑时，她的膀子就像飞鸟的翅膀一样扑动。

因此，从那以后，胡克他们都叫她"翅儿"。这样的一种不幸，要是落在其他人身上，多半会一蹶不振，但玛丽却并不因此气馁。她仍是一个顽皮的姑娘，仍然穿着那种不成体统的顽皮姑娘所穿的衣服。她因为残了一臂而无法再去东河游泳，因此，她只得在河边做漫长的散步。

这对许多人来说，他们多半会退入一个甲壳——把自己局限于幽静而又沉寂的房中，诅咒他们的命运，痛恨世人，厌恶自己。

玛丽不是！她追求新的生活——在河边。

一个女孩在男孩和男人的天地中，往往会因为她的畸形臂膀而成为取笑的对象，但玛丽没有否定她作为一个人的存在价值，她没有自暴自弃。

玛丽发现河滨世界，是在初夏的时候——商船驶进港口卸货；健壮的码头工人背负外来的货袋；工作辛勤

脑筋急转弯

一位卡车司机撞倒一个骑摩托车的人，卡车司机受重伤，摩托车手却没事。这是为什么？
——卡车司机当时没有开车。

哪种比赛，赢的得不到奖品，输的却有奖品？
——划拳喝酒。

小张被关在一间没有上锁的房里，可是他使尽力气也不能把门拉开，这是为什么？
——推开就可以了。

的男人在阳光之下叫骂。

不久，她成了一个有固定工作的女子，在东河码头跑上跑下。她赚到了午餐，同时还有薪金可拿。

她做了她应该做的事情，也赢得了每一个人的敬重。

时值10月之末，天气非常闷热。胡克

他们一帮孩子来到东河，跃下采沙船旁的河中。突然间，一个叫瑞德的男孩大叫救命。

胡克想搭救瑞德，但发现他被夹在一只驳船和码头中。

瑞德的一只腿被卡住了，他非常恐惧。胡克也很恐惧；万一来一阵风把船吹向码头，那将会把瑞德挤扁！

胡克感到无计可施，焦急万分。

有人去呼救。救星来了！那是玛丽，她奔跑而来，一只臂膀摇来摆去，好像稻草人被风吹着一般。

胡克叫她让开，但她在码头边沿上跪下，并且将左臂伸向瑞德，一下将他拖了上来。

胡克和其他男孩感到非常惊讶，不相信自己的眼睛所看到的一切是真的。

因为做码头工人的工作，玛丽的左臂特别发达，这也使她救了瑞德的命。

我的成长秘笈

只有懂得尊重自己，才能赢得他人的尊重。面对困境，只有成为命运的主人，才能创造精彩的生活。

小机灵多多的爆笑生活

对不起。

原来大作家老舍爷爷也有骗人的时候。

他骗我说——"思索的时间长，笔尖上就能滴出血和泪来。"

你能得到多少分贝的掌声

那年我正在上高中，参加了一次演讲比赛。

那是一次级别很高的演讲比赛，要求演讲者就美丽、博学、勇敢和诚实哪一个更重要展开阐述。为了体现比赛的公正性，评审团偷偷地在角落里放置了分贝器，以每个人所获得掌声音量的分贝大小作为评审的参照。

我是唯一一个来自高中校园的学生。在这之前，我是高傲的。从小到大，我都是在一片喝彩声中度过。为了这个参赛名额，我求了老师很多次，加上我在学校里确实非常优秀，全校老师最后一致推选我代表学校参加演讲。从报名到参加演讲，一直是那点所谓的自信在推动我，可是当一个个演讲者从容淡定地引经据典、旁征博引地进行了精彩演讲之后，我的自信心第一次受到了重创。我开始紧张了，清醒地看到了自己和他们的差距，简直是天壤之别。马上就要轮到自己演讲了。

演讲会场上的掌声此起彼伏，评审团的工作人员不停地测着掌声的分贝。

在那些于某个知识领域小有名气的人物面前，我有些战战兢兢地上台了。本来那个演讲稿在脑海里早已是滚瓜烂熟的，但不知道怎么了，我看着台下黑压压的人群，竟开始前言不搭后语，甚至有那样一刻，脑子里一片空白，那些演讲词被我忘记得一干二净。在经过了几分钟尴尬的沉默之后，没办法，我只好为自己打了个圆场：不好意思，对不起大家，我把演讲词忘了！这时候台下开始出现小面积的议论，继而是大面积的嘘声，我涨红脸颊，低着头匆匆离开了演讲台。

我躲到角落里，仿佛是在经历世界末日一样地等待着演讲会的结束。家人和老师的安慰使我更加感到难过。演讲会结束了，一位律师身份的演讲者凭借渊博的知识和动感十足的演讲获得冠军，他赢得了现场观众热烈的掌声，掌声的音量超过了80分贝！而我的掌声音量为零！

主持人

幽默乐翻天

"小凯由于考试作弊被记零分了。"
"怎么回事啊？"
"在生物考试中，他数自己的肋骨，结果被发现了。"

在最后总结的时候特别提到了我，说我作为一名高中生，能够有勇气来参加比赛本身就是一种成功。我和所有参赛者一起被邀请到了演讲台上，每个人要做一段最后的致辞，我不得不再一次拿过那让自己难堪的话筒。

我说自己虽然忘掉了准备好的演讲稿，不过在心里，另外拷贝了一份没有草稿的演讲稿，希望主持人能给我一个表达的机会。

我说，"现在我才知道，今天我来这里，是有些自不量力的。我以为自己穿上了漂亮的外衣就是美丽，我以为自己每门功课都考了第一就是博学，我以为自己敢为女同学出头找欺负她的男生算账就算勇敢，我以为每天晚上对妈妈如实汇报学习和思想情况就是诚实，但是很显然，我是太过幼稚了。在今天这些老师的面前，我第一次感觉到自己的渺小，我觉得自己就是那只第一次跳出井底的青蛙，看着广阔无边的世界，置身浩瀚的知识海洋，只有惊呆和惭愧！所以，在这里，我深深地打量了自己，我所自认为的美丽不再是美丽，我所自认为的博学不再是博学，我所自认为的勇敢不再是勇敢……"

现场开始安静下来。

"但是今天，"我羞涩地笑着说道，"我认为自己唯一值得表扬的地方就是诚

趣味科学常识

会捕虫的草

捕虫草是一种开小白花的植物。花色洁白，花瓣边缘带有波纹，十分美丽诱人。当然，最为诱人的还是它那捕捉昆虫的"绝技"。

捕虫草在叶的前端长有奇特的捕虫器，长达3厘米。捕虫器由2片贝壳状的、边缘长着许多突出硬刺、微细蜜腺的叶瓣组成，内部表面为深红色的消化腺所覆盖，并且分布着3根以等边三角形排列的粗壮触毛。受花的甜香的吸引，昆虫很愿意落在叶瓣上，也就落进了囚笼。昆虫愈是挣扎，就愈能刺激消化液的大量分泌。消化液中含有高浓度的酶，几天时间昆虫的养分便被捕虫器所吸收。

实，因为我确实是把演讲词忘掉了，而且是忘得一干二净。"

现场观众开始发出善意的笑声。

"所以我认为，你可以不美丽，但你不可以不博学；你可以不博学，但你不可以不勇敢；你甚至可以不勇敢，但你无论如何，不可以不诚实！"

现场爆发出了热烈的掌声！评审团惊奇地发现，我所获得的掌声音量接近了90分贝！竟然超过了今天的冠军。

虽然我在美丽、博学、勇敢上都输给了别人，但我用我的诚实，赢得了掌声！

我的成长秘笈

没有人不渴望成功，但比成功更重要的是诚实。美好的品质不仅可以赢得鲜花和掌声，更能赢得人们的尊重。

其实就这么简单

杰克在脚踏车修理店当学徒，有人送来一部有故障的脚踏车，杰克除了把车修好，还把它整理得漂亮如新。其他人笑他多此一举，杰克却保持沉默。过了一个星期，杰克就被修脚踏车的那个人请进了自己的公司。

原来出人头地很简单，吃点亏多做点事就可以了。

有个小孩对母亲说："妈妈今天好漂亮！"母亲问："为什么？今天没有什么不同呀！"小孩说："妈妈今天没有生气。"

原来拥有漂亮很简单，只要不生气就可以了。

有个农场主人，叫他的孩子每天在农场辛勤工作。朋友对他说："你不让孩子如此辛苦，农作物一样会长得很好的。"主人回答说："我不是培养农作物，是在培养我的孩子。"

原来培养孩子很简单，让他吃点苦头就可以了。

有一家商店经常灯火通明，有人问："你们店里到底是用什么牌子的灯管？怎么那样耐用？"店家回答说："我们的灯管也常常坏，只是我们坏了就换而已。"

原来保持明亮的方法很简单，只要常常更换就可以了。

住在田边的青蛙对住在路边的青蛙说："你那里太危险，搬来跟我一起住吧！"路边的青蛙说："我已经习惯了，懒得搬了。"

几天后，田边的青蛙去探望路边的青蛙，发现它已被车子碾碎在路上。

原来掌握命运的方法很简单，远离懒惰就可以了。

有几个小孩子很想当天使，上帝给他们一人一个烛台，让他们每天擦拭保持光亮。一天两天过去了，上帝再没露

幽默乐翻天

毛毛的学习成绩很差劲，眼看期终考试越来越近，他的心里十分害怕。

到了考试的这天早上，毛毛的妈妈去叫他吃饭，只见毛毛正坐在书桌旁盯着日历发愣。妈妈一看，昨天的日历还没有撕，便伸手想撕掉。毛毛一见慌忙拉住妈妈的手说："妈妈，别撕那一张，一撕就要考试了。"

趣味 科学常识

听音乐还能"看色尝味"

对一般人来说，音乐只能带来听觉上的享受。但对一名27岁的瑞士女子而言，音乐不仅能愉悦耳朵，还能让她"看见"各种色彩、"品尝"不同味道。例如，F调的音乐让她"看见"紫色，而C调的音乐对应的是红色。此外，不同的音调还能激发她的味觉，对她来说，第二小调是酸的，第二大调是苦的，第三小调是咸的，而第三大调则是甜的。

苏黎世大学的神经心理学家认为，这个案例是一种典型的联觉现象。此现象是因人的多种感官感觉互相联通而产生的，当一种感官受到某种刺激，便可自发地引起一种或多种其他感觉。

面，那些小孩就不再擦拭烛台。有一天，上帝突然造访，几乎每个人的烛台都蒙上了厚厚的灰尘。只有一个小孩，大家都叫

他"笨笨"，即使上帝没来，他也每天都擦拭，结果这个笨小孩成了天使。

原来成为天使很简单，只要实实在在做事就可以了。

有只小猪，向神请求做他的门徒，神欣然答应。刚好有一头小牛从泥沼里爬出来，浑身都是泥泞。神对小猪说："去帮他洗洗身子吧！"小猪诧异地答道："我是神的门徒，怎么能去侍候脏兮兮的小牛呢？"神说："你不去侍候别人，别人怎么会知道你是我的门徒？"

原来要变成神很简单，只要真心付出就可以了。

有一支淘金队伍在沙漠中行走，大家都步伐沉重，痛苦不堪。只有一人快乐地走着。别人问："你为何如此惬意？"他笑着："因为我带的东西最少。"

原来快乐很简单，拥有得少一点就可以了。

我的成长秘笈

本本分分做事，踏踏实实做人，诚诚恳恳待人，真心实意付出，你就会拥有想要的一切，人生其实就是这么简单。

小·机灵多多的爆笑生活

我相信你

20世纪90年代，他上大学三年级，一个偶然的机会，他被摇滚乐《唐朝归来》深深震撼。他决定把摇滚乐手请到他的老家——乌鲁木齐。摇滚乐手说："你只要能筹到十六七万元人民币，我们就可以奔赴乌鲁木齐演出。"

他当时只是个穷学生，更何况那是个天文数字。但他想也没想，只身回到了乌鲁木齐。他跑企业，拉赞助，跑了几十天，还是一无所获。他几乎想放弃了。一天，他上街漫无目的地溜达，不知不觉又到了一家民营企业。这家民营企业，他已经跑了几十趟，这次他几乎不抱任何希望，站在公司门口，他犹犹豫豫，进不进去呢？这时，老板看见了他，对身边的财会人员说："去，给这个小伙子拿两万元。"突如其来的惊喜，让他喜出望外。他要给老板打收据，老板大手一挥，说："不用，我相信你。"

筹到第一笔钱，他增强了信心。紧接着，他又筹到了6万元。可还欠8万多元，该怎么办呢？他想来想去，决定提前售票。他在广播电台做了一个广告，大意是谁能帮着卖出票，就可以得到一张摇滚乐会的入场券。广告播出后招来一大群中学生。有学生提出是否登记一下，他想起上次那位民企老板，说："不用，我相信你们。"过了一段时间，他办事回来。在宾馆门口，门卫对他说："快回房间，一大群学生等着呢。"他急忙往房间赶，看见一大群学生有坐在地上的，有靠着墙的，都累得直打磕睡。他感动得眼泪直打转。学生们见他回来了，都兴奋地嚷道："我们把票全卖出去了！"说完，一股脑把书包里的钱，倒在了茶几上。就这样，他筹够了款子，《唐朝归来》终于在西域明珠——乌鲁木齐奏响。

他就是影视明星李亚鹏。他谈到这段人生经历时说："当一个人对社会的伤害毫无防御能力时，我有幸遇到了一群大好人。一句'不用，我相信你'犹如一盏明灯，为我的人生道路指明了方向。"

我的成长秘笈

信任如一盏温暖的明灯，足以照亮人的一生；猜疑则如无边的黑夜，带给别人的只有冰冷和绝望。

Baidu知道

新闻 网页 贴吧 知道 MP3 图片 视频 百科 文库

帮助 | 设置

搜索答案　　我要提问　　我要回答

问: 如果有一天你突然消失, 你觉得会有人疯狂地找你吗?
答: 如果我还欠着银行的房贷和车贷。

问: 显示器画面不停地轻微抖动, 有什么办法?
答: 你也不停地抖动, 当你的频率和振幅与显示器画面一致时, 你就感觉不出来了。

问: 哪个欧洲国家的生意不批发?
答: 丹麦 (单卖)。

问: 郑成功的母亲可能叫什么?
答: 郑失败 (失败是成功之母)。

问: 冲天炮为什么射不到星星?
答: 因为星星会闪。

问: 为什么胖的人比瘦的人怕热?
答: 因为被晒的面积比较大。

问: 两瓶花中, 一瓶是鲜花, 一瓶是假花, 请说出哪一瓶是鲜花?
答: 假花旁边的那瓶。

问: 不小心溺水时, 若附近没有其他人该怎么办?
答: 把水喝光。

问: 为什么月亮不围着太阳转?
答: 因为月亮已经围着地球转了。

问: 刘关张三结义供的是谁?
答: 桃子。

问: 13个人分9个橘子, 如何分才公平?
答: 掐死4个!

问: 跷二郎腿的危害?
答: 屁股会一半大一半小。

问: 为什么人会怕高, 而鸟却不会?
答: 人知道掉下来是什么滋味, 但鸟不知道。

问: 巫师为什么要骑扫把不骑板凳呢?
答: 因为骑扫把比骑板凳帅多了, 而且遇到强大的敌人时可以伪装成扫地工。

问: 超人的内裤为什么总是穿在外面?
答: 穿在里面了, 谁知道你是超人?

问: 你身上哪些部位被人赞美过?
答: 指甲, 小时候门卫赵大妈老夸我, 哟, 这孩子的指甲长得真像刘德华的。

问: 我怀疑我们老板有窃听电话, 该如何证明?
答: 打电话说老板坏话, 如果老板没有动静, 就证明没有被窃听。

问: 请问 "书到用时方恨少" 的下句是什么?
答: 钱到月底不够花。

问: 我的电脑开机后, 没有任何反应, 请问高手这是怎么回事?
答: 请问你插电了吗?

高贵的舍弃

法国著名魔术师卡巴·斯特因为手法巧妙、节目设计别具一格，在欧洲享有很高的声誉。

住在巴黎的卡巴，除了每年固定的大型表演外，还有一份重要的工作，就是对法国一些魔术艺人进行考核和指导。

一天，卡巴·斯特家里来了法国国家电视台的几位记者，他们想邀请卡巴参与一档节目的拍摄。在"薰衣草之乡"普罗旺斯的一个小村落里，有一个9岁的小男孩被传出有特异功能。他能用手指触摸出扑克牌的点数和花色，且屡试不爽。起初几乎没人相信这是真的，大家都认为这只是一个魔术，当地的魔术师们曾因好奇去过那个村落，并对小男孩的表演进行了全程监测，但没发现任何问题。卡巴听说这件事后十分好奇，欣然接受了邀请。

小男孩很消瘦，皮肤白皙得有些不正常，金黄色的短发，眼里微微露出些怯意。他小声地自我介绍说叫亨利，9岁，然

后就沉默不语。

接下来，他按照记者的要求，开始表演。两个杯子、一条毛巾，杯子是用来装水喝的，毛巾则是用来在触摸、感应牌面后擦手，以保持指尖的灵敏感觉。记者认为杯子是多余的，坚持把杯子换了下去，可亨利还是一次次地成功了。亨利脸上逐渐堆起了自信的笑容，与刚刚见到的那个胆怯、沉默的小男孩截然不同。

记者们把目光投向了坐在一旁的卡巴，他皱皱眉头，说："我能不能单独看他表演一次？人太多了，我难以集中精神。"

记者们协商后答应了。差不多一刻钟过后，卡巴从屋子里走了出来，他摇摇头说："我看不出什么，不能做确定的

答案。"

关于亨利的报道铺天盖地，如潮水般席卷了整个法国。人们普遍认为卡巴看不出的魔术根本不存在，所以亨利是特异功能者。

3个月后，一家报纸忽然曝出了一条新闻——亨利的秘密被揭穿了，他的特异功能只不过是一个拙劣的魔术手段，他在袖子里藏有一面小镜子。每次触摸完牌面，他会把镜子转藏到毛巾里，然后再乘擦手之机拿出。这家报纸还登出了一张照片，一个名气不如卡巴的魔术师得意扬扬地抓住亨利的手，而亨利则一脸惶恐地站在他身旁，神情萎靡。

"卡巴老了！""什么著名大魔术师！简直就是个骗子！"新闻引发的负面效应一股脑儿地涌向卡巴，他名誉扫地，整整两年时间没人请他演出。

两年后，法国的魔术艺人当中出现了一个11岁的孩子。他用自己精妙的魔术手法，一次次震撼了魔术观众和魔术同行。有媒体很快刊登了一条爆炸性新闻——这个新秀不是别人，就是当年那个欺骗了全法国的孩子亨利，而他的师傅正是卡巴·斯特。

卡巴再次成为大家关注的焦点。在媒体的再三追问下，卡巴才说出了实情。原来，第一次看亨利表演时，他就发现了破绽，但他同时注意到了这个孩子从胆怯到自信的转变，他想一定有隐情。单独在屋子里的时候，卡巴知道了一切。亨利从小就有尿床的毛病，村子里的小朋友总是嘲笑他、愚弄他。他偶然在电视上看到了一个触摸牌面的魔术，便进行了更加隐秘的更改，靠这种"特异功能"赢得了尊重。

卡巴说："从知道真相的那一刻起，我就深知不能揭穿亨利的秘密，那样会让他的处境更加尴尬，甚至毁掉他的一生。"亨利被人揭穿后，卡巴着急地找到他，要他跟自己学习魔术。有记者疑惑地问："就因为这个，你甘愿自己的名声毁于一旦？"卡巴的话让所有人震撼，他说："与人的生命历程相比，与人生的幸福和快乐相比，名声是那么微不足道，它绝非不能舍弃。而亨利的人生，是我的名声所不能承受的重。"

1898年，居里夫妇发现了镭，1903年12月，他们因此共同获得了诺贝尔物理学奖。此后世界各地纷纷来信索求制造镭的方法。怎样处理这件事呢？某个星期日的早晨，他们进行了5分钟的谈话。比埃尔·居里平静地说："我们必须在两种决定之中选择一个。一种是毫无保留地叙述我们的研究结果，包括提炼办法在内……"

居里夫人做了一个赞成的手势说："是，当然如此。"

比埃尔继续说："或者我们可以以镭的所有者和发明者自居。若是这样，那么，在发表用什么方法提炼铀沥青矿之前，我们须先取得这种技术的专利执照，并且确定我们在世界各地制镭业上应有的权利。"

宝贵的平常心

"专利"意味着巨额的金钱、舒适的生活，代表着可以为子女留下一大笔遗产……但是，居里夫人坚定地说："我们不能这样办，这违背科学精神。"无疑，如果居里索要专利，可以获得巨大财富。

比埃尔·居里因意外去世后，居里夫人坚强地一个人担负起了两个人的工作，并设法做得更好。她的工作条件依然很艰苦，而且，还要承受着外界的质疑和挑战。经过10个月的刻苦钻研，她又一次成功地得出了新的关于放射性元素的实验论证，有力地驳斥了另一位化学家的错误论断和挑战。这一次的研究成果也再次受到世界科学界的重视。1911年，瑞典科学院的评判委员会再次授予她诺贝尔化学奖。

1921年，居里夫人应邀访问美国时，美国妇女组织主动捐赠给她1克镭(价值百万美元以上)，这正是她急需的。她虽然是镭的发现者，却买不起这样昂贵的金

属。在赠送仪式之前，当她看到"赠送证明书"上写着"赠给居里夫人"字样时，她不高兴了。她声明说："这个证书还需要加以修改。美国人民赠给我的这1克镭应当永远属于科学，但是假如就这样规定，这1克镭就成为私人财物，成为我儿女们的产业，这是绝对不行的。"主办者当天晚上就请了一位律师，把证书做了修改，居里夫人才在"赠送证明书"上签了字。

伟大常常起于平凡，杰出的人常常不为名利所动。居里夫人两次获得20世纪学者的最高荣誉，18次获得国家奖金，被授予117个名誉头衔，独步科学尖端。对于名利，居里夫人总能保持一种平常的态度，从不为得到的荣誉而自满。面对命运中巨大的艰辛和荣誉，居里夫人常常乐观而谦逊地说："的确有过一些凄风苦雨的日子，那也是我一生中最难耐的时光。回想起来使我感到欣慰的是，我堂堂正正地昂起头颅脱身出来。"连爱因斯坦都赞誉她说："在所有的著名人物中，居里夫人是唯一不为荣誉所颠倒的人。"

居里夫人曾自豪地说："我没有给孩子们留下万贯家产，但给她们留下了健康的身体。"后来她的两个女儿，一个获得诺贝尔化学奖，一个曾著《居里夫人传》，都成为对社会有杰出贡献的人。居里夫人凭借对事业的执着和对科学精神的坚持，战胜了一个又一个科学上和生活中的难题，不仅对人类科学的进步做出了杰出的贡献，更为人们树立了一个做人的楷模。

我的成长秘笈

名利是一片灰暗的浮云，常常遮挡住人性的光辉。只有拨开名利的云雾，才能使高贵的人格绽放光彩。

小·机灵多多的爆笑生活

杰斐逊最热爱的运动是骑马。他是位相马行家,自己就有一匹上等好马。在任总统期间,一天他正在华盛顿附近一个地方骑马,当他来到一个十字路口时,碰到一位知名的赛马骑师,这位骑师还是个做马匹买卖的生意人,人们叫他琼斯。

那人并不认识总统,但他那职业性的眼光一下子被总统骑的骏马吸引住了。鲁莽、冒失的琼斯径直走上前来,和骑马人搭讪起来了,并紧接着用行话评论起这匹马来:品种的优劣、年龄的大小以及价值的高低,还表示愿意换马。

杰斐逊简短地回答了他,礼貌地拒绝了他所提出的所有的交换建议。那家伙仍不死心,不停地游说,不断地抬高出价,因为他越仔细看这个陌生人骑的马,就越喜欢它了。

所有的建议都被冷冷地拒绝后,他被激怒了。他开始变得粗鲁起来,但他的粗野行为与他的金钱一样,对杰斐逊毫无作用,因为杰斐逊能够很好地控制自己的情绪,没有人能够激怒他。

这位赛马骑师想让杰斐逊展示一下这匹马的步伐,还竭力要他骑马慢跑,和他打个赌。但是所有这些努力都白费了。

我叫托马斯·杰斐逊

端坐在马鞍上，用缰绳控制着烦躁不安的马，并且同样很好地控制住了自己的情绪。

赛马师惊呆了，但只是粗鲁地付之一笑，又靠近这个新认识的人，开始谈论起政治来。作为一个联邦制的坚定拥护者，他开始大肆攻击杰斐逊以及他的政府的政策。杰斐逊加入了谈话，并鼓励他就一些事情发表自己的看法。

不知不觉他们骑马进入了市区，沿着宾夕法尼亚大道往前走。最后，他们来到总统官邸大门的对面。

杰斐逊勒住缰绳，有礼貌地邀请那人进去。

赛马骑师听后惊诧不已，问道："怎么，你住在这里？"

"是的。"杰斐逊简洁地答道。

"嗨，陌生人，你究竟叫什么名字？"

"我叫托马斯·杰斐逊。"

听后，赛马骑师的脸变得煞白，他用马刺猛踢自己的马，喊道："我叫里查德·琼斯，再见！"说着，便迅即冲上了大路，而此时杰斐逊总统则微笑地看着他，然后策马进了大门。

趣味科学常识

为什么瓶子里的水不能一下倒出来

当你把一个细口瓶里灌满水再把它倒过来时，你会发现瓶子里的水并不能一下子流出来，而是一下一下地向外流。同时，还可以听到"咕、咕"的声音。这是为什么呢？

这是因为瓶子里被装满水的同时，空气就被赶跑了。把瓶子倒过来时，瓶子里的水受不到从瓶子上面来的空气压力了，而瓶子口外却有大气压托着。所以水在向外流的时候，又被外部的大气压向瓶子里推挤，这样就产生了"咕、咕"的声音。空气只能慢慢钻进瓶子，水也只能慢慢地流出，而不可能一下子痛痛快快地流出来。若想很快地把水倒出来，可以拿住瓶底，沿一定的方向摇晃瓶子，水就流得快了。不信你可以试试看。

最后，琼斯发现这个陌生人不会成为他的客户，而且绝对是个难以对付的人，他便扬起马鞭在杰斐逊的马侧腹抽了一鞭，想使马突然狂奔起来，这会让那些骑术不高的骑手摔下来。同时，他自己也准备策马急驰，希望比试一番。然而，杰斐逊仍然

我的成长秘笈

身为总统的杰斐逊，当别人不断地对其进行挑衅时，他并没有勃然大怒，反而很好地控制住自己的情绪，很好地消除了一场纠纷。如果每个人都能如此，生活肯定会变得更加美好。

性格测试

你拥有怎样的人格魅力

1. 你有吃早餐的习惯吗?	有→问题2	否→问题3
2. 你曾经养宠物吗?	是→问题7	否→问题3
3. 你有打工的经验吗?	有→问题7	否→问题4
4. 你的运动细胞很好?	是→问题9	否→问题6
5. 你现在正在减肥?	是→问题9	否→问题10
6. 你认为去看电影的时候,一定要吃喝东西才过瘾?	是→问题9	否→问题10
7. 你觉得地球上不曾出现过外星人?	是→问题11	否→问题8
8. 你有很多异性朋友?	是→问题12	否→问题9
9. 你很少看漫画?	是→问题13	否→问题10
10. 你到KTV就会唱个不停,很难罢手?	是→问题13	否→问题14
11. 你喜欢吃三明治?	是→问题14	否→问题12
12. 你很会自创不同的料理?	是→问题15	否→问题13
13. 你很会画插图?	是→问题16	否→问题14
14. 你满喜欢格子的图案?	是→问题16	否→问题18
15. 你很想到国外去读书、工作?	是→问题19	否→问题16
16. 你曾经参加过某个明星的影迷俱乐部或流连于明星的网站?	是→问题20	否→问题17
17. 你常被感动而哭泣?	是→问题21	否→问题18
18. 你曾经处在脚踏两条船的感情状态?	是→问题21	否→问题22
19. 你觉得生活中没有手机会非常不便,也很困扰?	是→问题23	否→问题20
20. 你很关注财经信息?	是→问题24	否→问题21
21. 你喜欢看恐怖片?	是→问题25	否→问题22
22. 你不喜欢喝咖啡?	是→问题25	否→问题26
23. 你喜欢擦香水?	是→A	否→B
24. 你有5瓶以上的化妆品?	是→C	否→D
25. 你是一个不怕麻烦的人?	是→E	否→F
26. 你常被别人邀请去参加活动?	是→G	否→H

测试结果分析

A. 很会照顾别人的领导派

不管是在熟悉或陌生的环境你都会主动地和别人打招呼，有问题发生时，你也总是毫不犹豫地冲向前去解决，喜欢享受别人"叫你第一名"的得意滋味儿。你天生就具有领导的性格，在团体中常处于指挥的地位，容易被别人信任。

B. 不知道烦恼为何物的乐天派

你是属于自来熟那一类型的人物，没事儿也会找事儿做，没话也会找话讲，有你在的地方就有笑声。你的人际关系不错，大家都蛮喜欢和你相处，而你也总是开朗大方，所以朋友很多，常常有参加不完的聚会，让你疲于奔命。

C. 健谈、固执的坚持派

你很注意流行信息，只要有人和你聊这样的话题，你一定可以马上和他成为无话不谈的好朋友。你是很有原则的人，只要不和你的原则冲突，什么事儿都好商量，可是如果一旦违背你的原则，那就什么也没得谈了。

D. 积极努力的认真派

你是一个很守规矩的人，自我要求很高；相对地，对别人也不会放松。你喜欢自我约束力高的人，个性随兴的人是无法和你成为朋友的。你非常努力，是别人眼中的乖宝宝，常因为太过专注于学习，而忽略了人际关系。

E. 开朗没心机的天真派

你对人没有什么特别的好恶，不过，如果有人能和你聊聊有兴趣的话题，你会欲罢不能地和他马上聊在一起。别人和你相处都会觉得很舒服，所以你很容易交朋友，就算你不积极地拓展人际关系，它也会不请自来。

F. 洞察人心的神秘派

在团体中，你的话并不多，甚至别人对你的印象都是"神秘"。其实你并不是不喜欢和人群在一起，只是你喜欢躲在一边观察，所以你能看出别人心里在想什么。你也喜欢和别人讨论命运、星座、占卜之类的学问。

G. 无忧无虑的乐天派

你是一个没心眼儿的人，想法单纯，凡事都不会有计划或想得太远，属于今朝有酒今朝醉的类型。原则上，你的朋友都会很喜欢你，只是有时候你的天真可能会为别人带来一些不必要的麻烦，只是你常常自己都搞不清楚。

H. 和善亲切的自然派

你是一个很nice的人，不会带给人压力，对朋友很体贴，具有同情心。任何人来找你帮忙，你都会尽其所能地提供自己可以付出的力量，不求回报，也不会不耐烦，所以你的人际关系很好，是许多人的情绪垃圾桶、心灵急救站。

善有善报

在美丽的苏格兰埃尔郡，有一个农夫叫做弗莱明，他家境贫穷，但为人善良。

有一天，弗莱明正在自己家的田里种玉米，忽然听见远处传来呼救声，弗莱明立即放下锄头，向呼救声发出的地方跑去，发现是一个小孩子跌进了粪池里，正在挣扎着。弗莱明顾不得脏，跳下粪池，救起了小孩子。

弗莱明把小孩子领到河边，洗干净，又把小孩子带回家，将自己孩子的干净衣服为他换上。一打听，小孩子是城里人，到镇上走亲戚，瞒着亲戚出来玩的。弗莱明把小孩子送到了镇上，这才回家继续种玉米。

过了几天，有一辆漂亮的马车停在弗莱明家门口，从马车里走出一位优雅的绅士。弗莱明觉得很奇怪，因为他家从没来过这样高贵的客人。

绅士看到满脸疑惑、衣着朴素的农夫，说道："请问，您前几天救了一位小孩子，是吗？"弗莱明回答道："是的，先生，可是我把他送回家了。"

绅士伸出手来，握住弗莱明那粗糙、长满老茧的手，连声说道："谢谢您，谢谢您！我就是那个小孩子的父亲，您救了我小孩子的命，我要报答您。"

弗莱明笑了，说："先生，我不知道那是您的小孩子，救人是应该的，我不能因为救了您的孩子就要接受您的报酬。"

绅士一再坚持给弗莱明一笔钱，但忠厚老实的弗莱明说什么也不接受。

幽默乐翻天

为了今天的考试，小明看书一直看到早晨4点多，7点起来时顶着两个黑眼圈就准备到考场接着看，这时室友过来关心地问小明："我告没告诉你，昨天学校通知这科是开卷考？"

趣味**科学常识**

为什么在强光照射下能看见空气中飘浮的尘土？

我们之所以能用肉眼识别物体，是因为这一物体与周围相比，或许明亮，或许暗淡。在房间里飘浮着许多尘土，但平时我们却看不见这些尘土。然而，当强烈的阳光从门缝射进来时，你会吃惊地发现，在光线的通道中，飘浮着许许多多的尘土。

这是因为当强烈的光照在飘浮的尘土上时，光会出现明显的散射现象，使尘土颗粒与周围出现强烈的明暗对比，肉眼就能看见它了。其实在一般情况下，尘土也会使光散射，但这种散射较弱，会被周围的光抵消，所以我们就看不见空气中的尘土了。

就在这时，弗莱明的儿子刚从田里劳作归来。绅士问："那是您的儿子吗？"

弗莱明答道："是的，先生，那是我的小儿子，我家里穷，供不起他读书，现在他辍学了，在家帮我干农活。"

绅士说："您是这样善良的人，请允许我把您的儿子带到城里去读书，一切费用由我来出，以此来报答您的恩德。如果他像您一样，将来一定会成为一个令人骄傲的人。"

弗莱明无法推辞，看到绅士一片真诚，只好同意了他的要求。

后来，弗莱明的儿子从伦敦大学圣玛丽医学院毕业，不久便担任伦敦大学细菌学教授，成为一名著名的细菌学家。他于1928年发现了青霉素——盘尼西林。这是对许多病菌有特殊疗效的药物，他也因此获得了诺贝尔生理学和医学奖。

几年后，绅士的儿子染上了致命的病——肺炎，是小弗莱明发明的盘尼西林救活了他。

老弗莱明的一个善良之举，获得了世间最好的回报。

我的成长秘笈

只有播下种子，才能收获绿荫；只有播下善举，才能得到回报。

小·机灵多多的爆笑生活

不熟悉他的人，总会揣度他的生活，因为他总是处于风口浪尖。我和他认识了那么多年，对于他的性格仍旧是无法说清的，他似乎没有一个固定的性格，有时候很宽容，大大咧咧的，有时候又很敏感很较真儿。

一次，我浏览他微博后面的留言，一条简简单单的微博，里面竟有半数左右对他的抨击和奚落，我想无论是谁遇到这样的局面，都会感到失落和沮丧吧，但是再见到他时，他却是一副无动于衷的样子。

他照旧信心满满地做杂志，照旧每个月努力地写连载的小说，他想发微博的时候继续发微博，总之他继续大张旗鼓地生活。

落落生日的时候，我们去KTV庆祝，当时陌一飞点了一首《掌声响起》，她深情款款地唱，小四坐在一边扭头冲我说了一句："我要哭了。"

他把我拉到身边，一只手勾着我的脖子，对我说："我太不容易了，"他说，"别人只看到我的不好，却不会看到我

我的老总郭敬明

为别人做过什么，我做这些真的已经很累了。"我似乎明白了，他总是想要和别人搞好关系，因为他的身份必须和别人搞好关系，他欣赏有才华肯努力的人，所以将所有的作者都团结过来，用自己的名气，用《最小说》的平台来推出签约作家的单行本。很多个通宵的晚上，都是他坐在电脑前看一些国外的设计，看到好的设计就打包整理到一个文件夹里发给小西，什么事情他都亲自经手，封

面的设计、内文的版式，包括宣传的文案，他都要一一改过。

每个月，他认真地对待自己的文章，曾经有人想要替他写文章，甚至写好了一回《小时代》交给他，这样看似是帮他救急的事情，其实是一个非常危险的引诱，如果一时偷懒，也未必有人知道。但是这绝对抵触了他处事认真的原则，他宁可自己通宵写稿，宁可拖延交稿日期，也没有用别人写的稿子，他的做法使他安全地躲过了一个危险的陷阱，他对自己认真的要求，会让他在不确定的充满颠簸感的生活中坚定地走下去。

我记得最初他给我打的那通电话，他在电话里哭泣，说别人利用他，表面和他是形影不离的朋友，可是在背后却奚落他、取笑他，他觉得这是一种无法接受的背叛。但是现在，即使遇到同样的事情，他也会满不在乎，他甚至和我说："别人利用你，就说明你有价值，没有价值的人，是谁也不会利用的，所以我希望别人利用我，那样证明我有价值。"他说这句话的时候声音是很平淡的，就像是经历过艰险的人，坦然地面对疮疤与伤痕。

他特别想要和别人打成一片，为了打成一片，他可以总说一些搞笑的话题，可以附和着别人，他总是邀请身边的人一起

流行网络用语

1. 你以为我会眼睁睁地看着你去送死？我会闭上眼睛的。
2. 天使之所以会飞，是因为她们把自己看得很轻……
3. 人，长得漂亮不如活得漂亮。
4. 每个人出生的时候都是原创，可悲的是很多人渐渐都成了盗版。

吃饭、逛街和看电影，好像他越来越成熟之后，就越来越离不开别人的陪伴。

我们已经认识了八个年头，我应该比一般的人更了解他，但是正因为对他的了解，所以觉得他不可捉摸。

某天，我和他以及其他作者一起吃火锅，我坐在他的旁边，心里又在担心着新的事情，这次没有什么犹豫便说出口了。

"你的脾气其实很急躁，也有一些任性，只是有时候，你或许可以想一下，其实未必你所做的事情都会成功，所以，不应该把成功当成是必然的结果，我只是说，每个人都有遇到失败的时候，只要不把成功当成必然，不要觉得自己做什么都应当顺利无阻，那么面对可能会有的失败的时候，就不会觉得受伤，就会比较洒脱……"

我是凑近他，轻声地说的。

他听完后，无声无息地笑了。

我的成长秘笈

人生之路不可能总是顺畅无阻，只有认识到这一点，遭遇失败的时候才不会很受伤，才能坦然地面对生活。

把浩瀚的海洋装进胸膛

几年前，姚明在NBA赛场首次亮相时，一分未得，出人意料地交了白卷。

当晚，美国一个体育脱口秀节目"TNT"正在直播，谈起姚明时，主持人巴克利笑得前俯后仰，一脸轻蔑与不屑："姚明是中国的傻大个，根本不会打篮球。"

他的搭档史密斯立即反驳：

"我看好姚明的潜力，也许他将来能拿到19分。"

巴克利寸步不让，竟然当众与史密斯打赌："如果姚明能拿到19分，我就亲吻你的屁股！"

对姚明而言，这哪是打赌，分明是奇耻大辱！通过电波，此事迅速传遍了全世界，引起轩然大波，不少人对巴克利口诛笔伐，国内媒体甚至一度将他称作"恶汉"，唯独姚明选择了沉默。

时隔不久，姚明不负众望，给了巴克利沉重一击。2002年11月18日，美国洛杉矶客斯台普斯中心座无虚席，火箭队客场挑战湖人队，姚明终于爆发，接连得手，看台上早已沸腾，不断有人高喊："巴克利亲屁股！"

此场比赛姚明上场22分钟，共得了20分抢下6个篮板，并帮助主队以93比89将湖人队挑落马下。

此时最沮丧的莫过于巴克利，因为人们都记着他的赌注。当晚"TNT"节目准时直播，为了避免行为不检，史密斯特意牵了一头驴进演播室，暂时代替自己。众目睽睽之下巴克利满脸尴尬，不得不硬着头皮亲了一口驴屁股。

那天我专门守着电视，目睹了"恶

幽默乐翻天

一位厂长随旅行团出国，在街上他想买点东西带回去，请导游帮他翻译侃价。

交谈间，老外打了个喷嚏，恰巧导游鼻子痒，也跟着打了个喷嚏。厂长不高兴地对导游说："这不用翻译，我听得懂！"

汉"巴克利的狼狈相，真是大快人心，也算恶有恶报了。毫无疑问，此刻最解恨的人莫过于姚明，只可惜没有亲眼看见姚明如何"回敬"巴克利，一直引以为憾。

直到前不久，美国纪录片《挑战者姚明》在国内发行，我心中的谜团终于解开。比赛刚结束，在火箭队休息室，电视上正在直播巴克利亲吻驴屁股的镜头，顷刻间掌声雷动，队友们欢呼雀跃，纷纷走上前向姚明表示祝贺。聪明

趣味 科学常识

在仿月球土壤中种出花朵

最近，来自乌克兰国家科学院的科学家们利用性质类似于月球物质的土壤培育出了万寿菊。这证明人类今后完全能够在月球上栽种植物。在此项实验中，科学家们使用了阿诺尔道西特岩（月球岩）粉末作为月球土壤的替代品。这是一种岩浆岩，单纯使用这种物质培育植物是无法想象的，但只要向其中加入某些微生物就可以让植物生长并开花。将地球上的花朵种植在月球上将是一个令人鼓舞的信息。

的记者不失时机地给姚明递上了话筒，问他此时有何感想？姚明淡然一笑，"我觉得巴克利很有意思，他没什么恶意，只是想制造点噱头而已。"意外之余，我震撼了。

一脚踏在鲜花上，鲜花却把芳香留在了脚上，这就是宽容。面对曾给自己制造了奇耻大辱的"敌人"，姚明大获全胜之后，非但没有痛打落水狗，反而出言为巴克利开脱，这是何等的胸襟！是啊，如果一个人心里装不下浩瀚的海洋，怎么可能拥有整个世界？面对"小巨人"，我们没有理由不仰视。

我的成长秘笈

面对曾给自己制造了奇耻大辱的"敌人"，姚明用其海洋般宽阔的胸怀宽容了他。当我们仰视姚明时，除了因为他那超人的身高，更因为他高贵的品格！

小机灵多多的爆笑生活

别名: 小巨人、移动长城
国籍: 中国
民族: 汉族
出生地: 上海
出生日期: 1980年9月12日
身高: 229厘米
体重: 140kg
运动项目: 篮球
所属运动队: NBA火箭队
星座: 处女座
位置: 中锋
生涯最高分: 41分

姚明

　　姚明的影响力早就超出了中国大陆，现在在香港、澳门、台湾恐怕没有当地的体育电视不播火箭队的比赛，没有不喜欢看姚明比赛的中国人，可见整个中国都在为姚明的巨大成功而自豪着。但姚明的影响力远远不止中国范围，整个亚洲，日本、韩国、新加坡等地的华人也有很多人是姚明的球迷，甚至就是非华人也有很多姚明的球迷。在美国，姚明也有众多的球迷，这就是姚明能够连续蝉联全明星赛首发中锋的原因。

明星·小·档案·

张韶涵

外文名: Angela
国籍: 中国
民族: 汉族
出生地: 台湾省桃园县
兴趣: 唱歌、听音乐、阅读、服装设计
出生日期: 1982年1月19日
身高: 158厘米
体重: 40kg
职业: 歌手
经纪公司: 福茂唱片公司
音乐作品: 《遗失的美好》、《寓言》、《欧若拉》、《隐形的翅膀》等

　　张韶涵（Angela Chang）1982年出生，加拿大华裔，台湾女歌手、演员。绰号"电眼娃娃"、"百变天后"。张雨生的《没有烟抽的日子》，就是她在加拿大参加中广流行之星歌唱比赛的曲目，并获得冠军。主要代表作品有《欧若拉》、《潘朵拉》等。2010年上海世博会代言人之一。

宋庆龄曾担任过中华人民共和国的副主席，她小时候的一些故事，至今还广为流传。这里说的是宋庆龄上小学三年级时的一件事。

一个风和日丽的早晨，宋庆龄一家吃过早饭，正准备到一位朋友家去做客。宋庆龄和姐姐、弟弟都穿上了漂亮的新衣服，向大门外走去。

突然，宋庆龄停下脚步，皱起了眉头。

"怎么了，孩子？"爸爸诧异地问。

"今天我不能去了。因为我和小珍昨天就约好了，今天上午她要来我家学叠花篮呢。"宋庆龄撅着小嘴说。

爸爸说："改天再教小珍叠花篮不行吗？"

"不行，不行，我跟她约好了的。"宋庆龄摇了摇头说。

"不要紧，明天见到小珍，向她解释一下就行了。"爸爸接着说。

"爸爸，你们去吧！我不能不讲信用，我一定要等她。"

爸爸妈妈见宋庆龄坚决不肯和他们一道去，只好带着她的姐姐、弟弟走了。

宋庆龄目送爸爸妈妈走远了，一个人回到房间里，准备了许多小方块纸，等着小珍来叠花篮。可等呀等呀，一直等到十二点，小珍还没有来。宋庆龄还是耐心地等着。

爸爸妈妈在朋友家吃罢午饭，惦记着独自在家的宋庆龄，便匆匆赶回家来。

"小珍来了吗？"爸爸一进门便问宋庆龄。

"她没有来。"宋庆龄轻声回答道。

爸爸惋惜地说："早知道这样，你跟我们一起去多好啊，一个人在家，多没意思啊。"

"可是，我还是觉得很快活。"宋庆龄说。

"为什么？"爸爸妈妈不解地看着她。

宋庆龄认真地说："因为我信守了诺言。"

信守诺言的宋庆龄

我的成长秘笈

一旦做出承诺，就要用自己的人格进行担保。信守承诺，就会赢得尊重；违背承诺，则会自毁人格。

没有人能独自成功

15世纪，在德国纽伦堡附近的一个小村子里住着一户人家，家里有18个孩子。光是为了糊口，一家之主、当金匠的父亲丢勒几乎每天都要干上18个小时——或者在他的作坊，或者替他的邻居打零工。

尽管家境如此困苦，但丢勒家年长的两兄弟都梦想当艺术家。不过他们很清楚，父亲在经济上绝无能力把他们中的任何一人送到纽伦堡的艺术学院去学习。

经过夜晚床头无数次的私议之后，他们最后议定掷硬币——输者要到附近的矿井下矿四年，用他的收入供给到纽伦堡上学的兄弟；而胜者则在纽伦堡就学四年，然后用他出卖的作品收入支持他的兄弟上学，如果必要的话，也得下矿挣钱。

在一个星期天做完礼拜后，他们掷了钱币。阿尔勃累喜特赢了，于是他离家到纽伦堡上学，而艾伯特则下到危险的矿井，以便在今后四年资助他的兄弟。阿尔勃累喜特在学院很快引起人们的关注，他的铜版画、木刻、油画远远超过了他的教授的成就。到毕业的时候，他的收入已经相当可观。

当年轻的画家回到他的村子时，全家人在草坪上祝贺他衣锦还乡。音乐和笑声伴随着这顿长长的值得纪念的会餐。吃完饭，阿尔勃累喜特从桌首荣誉席上起身向他亲爱的兄弟敬酒，因为他多年来的牺牲使自己得以实现理想。"现在，艾伯特，我受到祝福的兄弟，应该倒过来了。你可以去纽伦堡实现你的梦，而我应该照顾

脑筋急转弯

有一头头朝北的牛，它向右转原地转三圈，然后向后转原地转三圈，接着再往右转，这时候它的尾巴朝哪？

——朝下。

为什么有家医院从不给人看病？

——因为是兽医院。

两对父子去买帽子，每人买了一顶，却为什么只买了三顶？

——他们是祖孙三代人。

你了。"阿尔勃累喜特以这句话结束他的祝酒词。

大家都把企盼的目光转向餐桌的另一端，艾伯特坐在那里，泪水从他苍白的脸颊流下，他连连摇着低下去的头，呜咽着再三重复："不……不……不……"

最后，艾伯特起身擦干脸上的泪水，低头瞥了瞥长桌前那些他挚爱的面

孔，把手举到额前，柔声地说："不，兄弟。我不能去纽伦堡了。这对我来说已经太迟了。看……看一看四年的矿工生活使我的手发生了多大的变化！每根指骨都至少遭到一次骨折，而且近来我的右手被关节炎折磨得甚至不能握住酒杯来回敬你的祝词，更不要说用笔、用画刷在羊皮纸或者画布上画出精致的线条。不，兄弟……对我来讲这太迟了。"

为了报答艾伯特所做的牺牲，阿尔勃累喜特苦心画下了他兄弟那双饱经磨难的手，细细的手指伸向天空。他把这幅动人心弦的画简单地命名为《手》，整个世界几乎立即被他的杰作折服，把他那幅爱的贡品重新命名为《祈求的手》。

当你看见这幅动人的作品时，请多花一秒钟看一看。它会提醒你，没有人——永远也不会有人能独自取得成功。

我的成长秘笈

每一个成功者的背后，总有人默默无闻地付出。当我们取得一点成绩的时候，首先要做的便是感恩。

小机灵多多的爆笑生活

世界冠军交作业

邓亚萍是乒乓球历史上一位著名的选手，她5岁起就随父亲学打球，1988年进入国家队，先后获得14个世界冠军头衔；在世界乒坛连续八年排名第一，并且是当时唯一蝉联奥运会乒乓球金牌的运动员。

1997年后，邓亚萍先后到清华大学、英国剑桥大学和诺丁汉大学进修学习，并获得英语专业学士学位和中国当代研究专业的硕士学位。在清华大学即将毕业的前夕，有一天，她找到语文老师，请他帮助修改哲学课的总结。这份哲学总结足足有四五千字，内容很充实，既有理论上的阐述，又能联系实际用哲学观点分析打球的战略战术。几天后，语文老师把改过的文章给了邓亚萍。又过了几天，邓亚萍在校园里遇到了语文老师，她一方面对语文老师表示谢意，同时又很认真地对他说："我把两份总结都交给了哲学老师，跟老师讲清楚了其中一份是我自己写的，另一份是请语文老师修改过的。"

一篇哲学文章请语文老师修改，按理说修改后可以当做自己的"原创"交上去。语文老师绝不会去质问邓亚萍为何不说明是经老师改过的；哲学老师更不会质疑她是否请人修改过。但是，邓亚萍把修改前后的两篇文章一起交给了哲学老师，还如实说明了请语文老师做过修改。这就是诚实的邓亚萍，这就是邓亚萍的诚实。

唯有这样的诚实，才会有她的事业、她的辉煌，才会彰显出她的人格魅力。

我的成长秘笈

精湛的球技能赢得掌声，诚实的品格更能赢得尊重。冠军能成就事业，而品德却能成就人生。

第六章

点亮你的
智慧之灯

策划的艺术

著名杂耍家史密斯，培养了大量顶尖杂耍人才，其中不少人还获得了国际大奖，可谓桃李满天下。他的杂耍项目繁多，如多人重叠、走钢丝、抛飞刀，特别著名的要数空中飞人。每年他都会接到大量的邀请函，带着杂耍团满世界飞来飞去，为人们表演。

报纸、电视等媒体每天都要报道史密斯的行程，以及他的杂耍团的表演情况。凡是与他相关的消息一经报道必定引起人们的关注。这样的声名显赫，引起了总统的兴趣。总统决定要看一场史密斯的表演。

这个消息一经宣传，顿时引起了强烈反响。因为总统反复强调，这次一定要史密斯亲自表演。的确，以前的杂耍都是由史密斯的弟子们表演的，几乎谁也没有看见史密斯亲自演出过。弟子们的表演都那

么精妙绝伦，师傅精彩的程度岂不是无法形容？谁也不想错过这千载难逢的机会，于是，表演大厅的售票处一开放，门票就被一抢而空。

期待已久的演出即将开始，所有人，包括总统都正襟危坐，面带微笑地等待着开幕。有人还将两手摆成了鼓掌的姿势，只等好戏一结束便用力地鼓掌，为史密斯先生叫好助威。当史密斯先生终于出现在舞台上时，却十分抱歉地对大家说："我根本就不会表演，如果想看精彩的表演，还不如让我的弟子们出场。"这时，很多人都觉得十分扫兴，如果不是因为史密斯过分谦虚，便是他太瞧不起人了，被瞧不起的人中还包括了尊敬的总统先生。

果然，总统先生不同意，他坚持要

看史密斯亲自演出。史密斯无奈，只得硬着头皮给大家表演。一个节目还没表演完，全场便爆发了多次如雷的掌声。人们笑得直不起腰，甚至笑出了眼泪，有的拍红了巴掌还不愿停下来。

原来，史密斯的演技差到让人难以想象的地步。他甚至连一个普通的踩单车的节目都不会，短短几分钟时间，他便在台上摔了十几个跟头，那架单车都摔得散了架。表演抛碗时，他才抛了几下，一只碗便"啪"地摔得粉碎。欢呼声再次响起，在激烈的笑闹声中，史密斯一连摔掉了十几只碗，才尴尬地从台上退了出去。

史密斯总共在台上演了五个节目，一个节目比一个节目的水平差，令观者大跌眼镜，可是从观众的反应情况来看，则一个比一个节目火爆。观众的掌声和欢呼声一浪高过一浪。尽管史密斯的杂耍团很受欢迎，可是还没有哪次演出能获得这么多的掌声。就连一向不苟言笑的总统先生，也哈哈大笑了半个晚上。

此时，主持人上台郑重宣布，刚才为大家表演的，是与史密斯先生相貌相像的胞弟，他本是一位喜剧演员，今天受哥哥之邀特来博取大家一笑。现在由真正的史密斯先生为大家表演。人们明白过来，全场再次爆发出热烈的掌声。

显然，史密斯先生的演技是不错的，

无论哪一样都很出色。特别难得的是，快50岁的人了，还敢为大家表演走钢丝。当史密斯表演完毕，大家长吁了一口气，掌声长久不息!

史密斯心里清楚，这台演出主要成功在自己的策划上。如果不是当喜剧演员的弟弟首先出场，既愉悦了观众，又降低了他们的心理期望值，他的演出又怎能取得如此轰动的效果呢? 他的演技跟弟子们差不多，何况他上了年纪，很多地方还不如弟子们，如果一开始便由他为观众演出，显然毫无新意，平淡无奇。一向喜新厌旧的观众也不可能给他更多掌声。

人生总是站在各种各样的舞台上，当你身处劣势时，除了努力和奋斗，能否懂得策划的艺术，化解尴尬，给他人惊喜，从而成就自己的精彩。

我的成长秘笈

人总是站在各种各样的舞台上，当你身处劣势时，除了努力和奋斗，更要懂得精心策划，这样才能赢得掌声。

大学毕业后，我进了一家外资企业。我的部门领导姓杨，大家都唤他杨生。杨生有个毛病，刚愎自用，在他的权力范围之内，不能容忍别人说"不"。他曾经当场辞掉一名员工，因为那个家伙竟敢和他顶嘴。

一天下午，遵照杨生的吩咐，我在按部就班地完成一项工作。做到一半，我发现按杨生的吩咐，工作将会在进展到三分之二的时候，无法进行下去。如果去掉一种叫做大蓝的原料，而以墨蓝替代，则不仅能顺利

不够润滑别冲动

完成工作，还能提高效率、事半功倍。这时候，恰好杨生从办公室出来。我张了张嘴，打算向杨生汇报我的发现，转念一想，马上又闭上了嘴。要是杨生对我的想法不以为然，我又坚持己见，搞不好场面会很难堪，我可不希望被辞退。

就这样，我什么话都没说。整个下午，我懒洋洋的，因为明知手上的工作存在错误却无法纠正，所以只能做一刻和尚撞一刻钟，得过且过。

这天下班，我直接回到了住处，来到门前，门锁却死活打不开。我不由得急了，狠狠地用脚踢门，惊动了邻居。他是位四十岁上下的中年男人，听我发泄完对门锁的愤怒，回房拿来一根牙签，还有一小杯花生油。他要过钥匙，小心用牙签蘸了花生油，慢慢滴在钥匙上。然后，他对我说："你再试试。"我接过钥匙，重新插进锁孔，只听"咔嚓"一声，门锁乖乖地开了。

望着我一脸的感激，邻居轻描淡写地告诉我："门锁和钥匙都老化了，配合不够默契了。通常在这种情况下，它们需要的不

幽默乐翻天

有次批阅历史试卷，有道题目是：请写出我国任意一年的空军部队人数和飞机数。

有一学生的答案："1800年；空军人数0；飞机数0"，我也只能无奈地判对，因为世界上第一架飞机是1903年才诞生的。

马拥有惊人的长期记忆

与一些拥有惊人智商的啮齿类动物一样，马也是一种非常聪明的动物，拥有惊人的长期记忆力。根据《动物行为》杂志刊登的最近一项研究发现，与驯马师们有过愉悦经历的马——尤其是那些受到过鼓励的马——在分开几个月后更有可能记住这些人，同时也对这些人表现出更大的喜爱。

此外，这些马也更有可能亲近它们并不熟悉的人，所表现出的行为就是用鼻子嗅和用舌头舔。研究人员表示这种行为说明马会形成与人有关的积极记忆，说明马也是一种高智商动物。

是强硬配合，不是用力踢打，而是在它们配合的过程中，加进去一小滴油性的液体用以润滑。"

这天晚上，回味着邻居的话，我突然知道明天该怎么做了。

第二天上班，我没有继续工作，而是找到杨生，告诉他大蓝已经用完，要不要试试用墨蓝代替大蓝。杨生想了想，亲自操作了一番，结果证明我的想法没错。我看见有道亮光在杨生眼中闪了一闪，他说："行，那就用墨蓝代替大蓝。"就这样，向来无法容忍别人意见的杨生，轻而易举地接受了我的建议。杨生分派的那项工作，自然也被我轻松地完成了。

几天后，杨生提拔我当了组长，同时把我叫进办公室，告诉我原因。那一天，他其实知道贮藏室里有大蓝，因此，觉得很是奇怪，想知道我为什么这么做。等他亲自操作完毕，才明白我巧妙地"骗"了他。于是，我向他说起了邻居"一滴油润滑"的道理。杨生一拍桌子，连说："有道理，有道理！"

我的成长秘笈

良药苦口，忠言逆耳。要想使对方乐于接收自己的观点和建议，需要讲究语言表达的艺术。

小机灵多多的爆笑生活

特别的面试

刘炳龙在一家公司当总经理助理。他经常提出一些很有价值的管理建议，但一直得不到总经理的重视。他感到自己的才华得不到施展，干脆辞职了，去应聘另一家公司总经理助理的职位。凭着丰富的工作经验和过硬的专业知识，刘炳龙一路过关斩将，与另外两个人一起进入最后一轮测试。

最后一轮测试，是由总经理亲自把关的面试。面试前，三个人得到通知，第二天上午8点，每人带一份A4纸打印的10页的个人简历。刘炳龙是最后一个接受总经理面试的人。他走进总经理办公室，交上简历，总经理也不和他说话，只是翻开简历，很认真地看起来。过了好长一段时间，总经理把简历往桌上一扔，对刘炳龙说："你的简历，比前两个人做得好，可惜你还是有一处小小的错误，这个页码应该是9，但你写的是8。我是个重视细节的人。"

刘炳龙从怀里又掏出一份简历，递给总经理，平静地说："你把这一份简历与刚才那份对照一下，看还有没有纰漏？"

总经理拿起简历，很快发现两份简历几乎完全一样，唯一不同的是，后递上来的简历把刚才那个唯一的错误订正了。

"既然你知道这份简历更完美，为什么一开始不交上来？"总经理大惑不解地问。

"到你们这里应聘之前，我在另一家公司做总经理助理，薪水很不错，比你们开得高。为什么要辞职呢？因为我的建议得不到重视。我希望在新的工作岗位上，能够实现我的价值。与你一样，我也是个重细节的人，我崇尚精细，简历先交上这一份，如果你没发现那处纰漏，我会让你找出来，看你要用多长时间……"

总经理打断刘炳龙的话说："我明白了，你带两份简历的目的，其实是为了面试我。"

"可以这么说吧，"刘炳龙笑着伸出一只手，"我想我们彼此都应该很满意……"

我的成长秘笈

无论多么繁杂的事情，都由若干个细节构成。做好所有的事情并不难，只需要做好其中的每一个细节。

天马行空型

从屈原到澳洲袋鼠，从古生物化石到肯尼迪被杀的子弹，这种思维你能想象吗?有的老师就这么厉害，思维不是一般的跳跃，不坐上火箭你还真跟不上，东拉西扯，一不小心就给带到爪哇国去了，一节课下来都不知道讲的是什么。

坚守方言型

"浮（湖）南和浮（湖）北在偶（我）国的什么位置?"一口浓重的方言会让你听起来不知所然。身为老师，一口标准的普通话是起码的职业要求，而有的老师就这么特立独行，誓死捍卫家乡普通话，没有语言天赋的学生只能听着满耳的囫囵语无奈的感叹一句: 饿滴神啊!

美貌帅气型

这类老师美貌或帅气，有着一种天然的亲和力，会让你感觉，这就是你寻觅很久的类型。他们能使沉闷的课堂立马焕发生机，这类老师不用多说话，只要用眼睛电几下，再牛的学生也得服服帖帖。不过这类老师的数量就跟熊猫差不多，如果你有幸遇见了，那你应该马上去买彩票，要不好运气过了就没了。

六亲不认型

不管你和他关系有多好，就算你每天帮他端茶倒水，他也不会对你徇私情，该怎么办他就怎么办，你旷课了绝对不会算迟到，考试59分也绝对不会给你加成及格，又称铁面无私型。一般这样的老师反而异常地有威信，很少有人因此记仇。

肆无忌惮型

例行的点名，永无休止的提问，死也写不完的作业，以及突发奇想的怪任务和习惯性的拖堂，再加上无聊透顶的讲课水平，怎么能让我们早死，他就怎么做。稍有不满，就可能招致花样翻新的惩罚，使人敢怒不敢言。

"玩"出来的精彩

美国麻省理工学院软件专家斯蒂福·拉塞尔是一个"玩心"十足的人。他曾经看过英国著名的科幻小说《大战火星人》。书中的动人情节，给他留下了深刻的印象：文明程度极高的火星人驾驶飞碟来到了地球，勇敢的地球人，与他们展开了你死我活的奋战……

拉塞尔想：要是把书中的情节搬到屏幕上"玩"，那该多好啊！

于是，拉塞尔利用电脑的绘图功能，逼真地模拟天空中的景象，包括星星、星云、流星等。接着，在天空中，绘上了飞船，并编写了飞船运动程序。其中，有一艘飞船的运动由游戏者通过键盘控制。1962年，这个名叫"太空大战"的电子游戏问世了。

"太空大战"受到人们的欢迎，也使

幽默乐翻天

救生员："我注意你很久了，你不可以在游泳池内撒尿！"

力力："可是大家都在游泳池内撒尿啊！"

救生员："可是没有人像你一样，站在跳台上往下撒！"

人看到了电子计算机的游戏功能。

在美国盐湖城犹他大学,有一位名叫诺蓝·布什内尔的年轻人,也被"太空大战"迷住了。他觉得这玩意儿很刺激,很有吸引力,具有商业开发价值。他还认为,"太空大战"只能在较昂贵的小型计算机上应用,这是一个弊端,必须设计一种价格低廉的专用机,并在机器上设计一个槽孔,让游戏者投入硬币就可以玩。

布什内尔带着这些想法,到一家生产录音设备和磁带的电子公司工作。工作之余,他思索着专用机的设计方案。

1971年初,布什内尔得知微处理器问世了。他激动万分,仿佛看到了胜利的曙光。很快,他就设计出了利用微处理器的研制方案。

"为了自己和别人以后玩得痛快些,自己现在就得累一些。"他常常这么想,也确实这么做着。每天一下班,他简单地用

脑筋急转弯

一辆客车发生了事故,所有的人都受伤了,为什么小明却没事?
—— 因为他不在车上。

有个地方能进不能出,请问这是什么地方?
—— 坟墓。

鸡鹅百米赛跑,鸡比鹅跑得快,为什么却后到终点?
—— 鸡跑错了方向。

过晚餐,就躲进了工作室,他房间的灯,常常通宵达旦地亮着。

不久,布什内尔以微处理器作为主机,再配上一些中小规模的集成电路,以及19英寸的电视屏幕,就制成了专用机。这是世界上第一台电子游戏机。在它上面可以玩一种叫"计算机宇宙"的电子游戏。

我的成长秘笈

同样是玩,却有利弊之分。玩既可以使人学业荒废、不务正业;也能够玩出花样、玩出智慧。

小机灵多多的爆笑生活

你再欺负我,我就要跟你决斗了。

你不想成为英雄吗?

当然。

普希金说:"没有宽宏大量的心肠,便算不上真正的英雄。"

"废物"让世界更美好

切泽布罗原是纽约的一名药剂师。1859年，他受公司派遣去宾夕法尼亚州新发现的一个油田参观。油田的一切景象都让未涉足过的人们感到惊奇，而切泽布罗关注的却是工人们在收工之后的一个小小的细节。他发现工人们总是在下班之余，还要费劲地清理油杆上的蜡垢，而这一层油腻腻的东西着实让他们讨厌并头疼。

切泽布罗虚心地向这些工人们请教，这些蜡垢有什么用处。工人们皱着眉头告诉他，这种东西除了治疗"割伤"外，一无是处。原来，工地上，使用各种各样的工具，难免会将手划破，受伤的工人们总是顺手抠一些蜡垢涂在伤处，不管有用没用，反正，伤口得到滋润，感觉愈合得会快一些。但是，比起它造成的麻烦，工人们还是颇为嫌弃的样子。切泽布罗听了，灵机一动。于是他收集了一些蜡垢带了回去。

切泽布罗利用自己的专业知识，再加上反复地实验，终于从这些"废物"中提炼出一种油脂。为了检验它是否真的有医疗效果，他把自己作为第一个试验对象。他有一只手腕正好受了伤，当涂上药膏后，伤很快就好了。而后，冬天到了，凛冽的寒风总是将手脸吹皱，甚至裂开小口，切泽布罗将油脂涂抹在手上、脸上，整个冬天，都觉得滋润很多。他爱美的小女儿每天都偷偷地在脸上抹一点油脂，女儿也因自己的娇嫩白皙备受同伴们的羡慕和嫉妒。

1870年，切泽布罗拿出自己所有的积蓄，建立了世界上第一座制造这种油膏的工厂，并把这种油膏命名为"凡士林"。从此，凡士林和美丽结缘，让爱美的女性得以容颜焕发、青春永驻。

我的成长秘笈

有些东西之所以被称为"废物"，是因为被放到了不恰当的位置，或者是人们还没有发现它的价值。

日常生活中，大大小小的拉链随处可见，使用起来方便快捷，很是受人欢迎。但是，有谁知道，拉链的发明还应该归功于盛饭的勺子呢？

一百多年前，一位叫贾德森的美国人外出旅行，下火车时因人多拥挤，一位老太携带的袋子被人挤坏了，东西撒了一地。老太太焦急万分，贾德森帮她把东西捡了起来。但是，车站没有为乘客提供便利的地方，更没有针线来缝袋口，老太太无奈地将破了的袋子和一大堆东西抱在怀里，一点点地往家挪。时隔多天，老太太的背影还留在贾德森的脑海里，挥之不去。

贾德森为人善良，又喜好钻研。一次，家里盛饭的勺子不小心被淘气的小儿子摔坏了，他只好到铁匠铺去买把新勺子。铁匠师傅是个机灵的年轻人，店里的勺子排得十分整齐。上边一排勺子被一根钢筋穿过勺眼挂着，下面一排则是勺柄朝下，通过勺部和上一排"咬"在一起。贾德森选中了下面的一把，顺手去拿却怎么也拽不动。这时，铁匠师傅笑了笑，轻轻地把周围的勺子向两边移了移，很轻松地就取下那把勺子。

回到家中，贾德森似有所悟，他突然联想起了老太太那天的遭遇。他想，为什么不能利用铁勺子的这种组合关系，发明一种能够方便分开又结合在一起的东西

铁匠铺里有拉链

呢？

一天、两天……许多天过去了，贾德森的家里总是传出"叮叮当当"的响声，经过反复试验，几个月后，贾德森终于发明了人类历史上第一根拉链。现在，几乎没有人家里不用到他的发明成果。而我们在方便地生活的同时，更应该记住贾德森这个名字以及和勺子相关的故事。

我的成长秘笈

生活时刻都在启发着人类的智慧。有人对此无动于衷，于是成为了常人；有人却因此茅塞顿开，于是成为了发明家。

爆笑图片·

蛋蛋的喜怒哀乐

最有水平的超载

时尚马车

倒立

睡觉也是技术活

真会忽悠人啊

注意安全

移花接木

冰雪清除之后

今天我生日

安在大厦上的悬崖

能村先生是日本最大的帐篷商，也是太阳工业公司的董事长。为了拓展事业，公司规划着想在东京建一座新的销售大厦。可是，在寸土寸金的东京建一座大厦，不仅一时难以收回成本，而且大厦的每日消耗也是一笔不小的开支。善于算计的能村先生思来想去地考虑着：怎样才能做到既建成了大厦，又利用大厦赚更多的钱呢？

万事就怕有心人，有了这样的想法，能村先生便特别关注生活里的一些热点问题。当时，攀岩热正在日本兴起，且大有蓬勃发展之势，这令能村先生茅塞顿开：何不建一座"都市悬崖"，满足那些都市年轻人的爱好？经过调查研究和几位建筑师的

反复研讨，能村先生决定把十层高的销售大厦的外墙加一点花样，建成一座悬崖绝壁，作为攀登悬崖的练习场。半年后，一座植有许多花木青草的"悬崖"，便昂然矗立在东京市区内，仿佛一个多彩而意趣盎然的世外桃源。练习场开业那天，几千名喜爱攀岩的血气方刚的年轻人，兴高采烈地聚集此处，纷纷借此过一把攀岩瘾。

在东京市区内出现了从前在深山峻岭才能看到的风景，这一下子吸引了人们的目光，每日来此观光的市民不计其数。而一些外地的攀岩爱好者闻讯后，也不辞辛苦到东京一显身手。

接着，能村先生又恰到好处地把握了这种轰动效应，在公司的隔壁开了一家专营登山用品的商店。很快，该店便因货品齐全，占据了登山用品市场的榜首地位。

"越能利用有利用价值的东西就越能赚钱。"这是能村先生的经营之道，而他也正是在这一理念的引导下，把大楼的外墙建成都市里的悬崖，从而赚了大钱。

我的成长秘笈

只有找准自己的位置，才能立于不败之地。充分挖掘一切可以利用的条件，则会使自己左右逢源。

在美国佛罗里达州,有位著名的画家叫海曼·李浦曼。尽管他终日作画,但日子过得并不宽裕,是位不走运的穷画家。

铅笔的小背包

一天,他审视作画底稿时,觉得有些地方画得太差劲,必须修改。于是,他搁下铅笔找橡皮,简陋的画具扔得乱七八糟,他找不到橡皮,东翻西翻,费了九牛二虎之力才从一个夹缝中找到了橡皮。他烦恼极了。他用橡皮擦干净要修改的地方,准备补画。这时又发现刚刚用过的铅笔不知哪里去了。只好窝着一肚子火再次东翻西翻。铅笔总算找到,可是修改作品的灵感却消失了。

他十分恼怒,一脚踢翻了画架。穷画家望着滚落在地上的铅笔和橡皮,突然发现了一个新创意:何不将铅笔和橡皮绑在一起呢?于是,他的怒火慢慢平息。他捡起铅笔和橡皮,又找来细线将它们捆在一起,这样就方便多了。后来作画时,他觉得还不方便,铅笔和橡皮容易松散。他想了想,若是用薄薄的铁皮将橡皮包在铅笔的顶端有多好,既牢固、方便又美观。当天晚上,李浦曼就制作了带橡皮的铅笔。

第二天,客人来访,发现了李浦曼的小发明,建议他去申请专利。李浦曼听从朋友的劝告,果然获得了专利权。后来,李浦曼把这项小发明卖给一家铅笔公司,产品畅销世界各地,公司老板发了大财,至于李浦曼本人从专利中得到多少报酬,无人知晓,可是,从那以后他的阔绰架势,只靠卖画是无论如何也达不到的。

我的成长秘笈

每个人都有很多奇妙的想法,普通人总把它当成稍纵即逝的念头,而成功者却把它看作改变一生的灵感。

1984年，三个美国少年被得克萨斯州立大学开除。由于家境贫寒，这三个少年常常被同学们瞧不起，生活在被歧视的阴影里，老师总是说他们成绩不好，于是他们结伴逃课，终于，学校决定将他们开除。

三个被学校开除的少年觉得自己的前途一片黑暗。他们幻想着如果突然拥有一大笔钱，就可以住上漂亮房子，坐上高档轿车，老师和同学们便再也不敢瞧不起他们了。可是，从哪儿弄来这笔钱呢？就在他们胡思乱想之际，迈克尔·戴尔将自己设计的模拟成功的录像从电脑里调出来。三位少年津津有味地看着自己住在一幢漂亮的别墅里，别墅的车库里停放着他们喜爱的克莱斯勒轿车。迈克尔·戴尔问："现在，你们想将自己漂亮的别墅和轿车，安置在什么地方呢？"

凯文·罗斯林抢着说自己要住在佛罗里达，因为他喜欢与富翁们聚会，而那里就住着大量的富翁。鲍勃·伊诺斯说自己想住在拉斯维加斯，因为那里风景秀丽，还有大量的豪华商店，可以让他任意选购。

可是，很快，他们便神色黯然了，两人望着迈克尔·戴尔，有点遗憾地说："如果这一切都是真的那该多好啊。"迈克尔·戴尔认真地看着两位伙伴说："这美好的一切，我们不是已经看到了吗，现在我们就到喜欢的地方去，比如佛罗里达，或者拉斯维加斯！"

调出成功

就这样，迈克尔·戴尔和另外两名少年经过一夜的仔细策划，决定第二天一早便去大街上卖报纸。不久，他们用卖报纸赚的1000美元开办了一家小店，那就是后来的戴尔公司。

少年迈克尔·戴尔带着另外两位少年，经过20年的打拼，不但实现了当年的梦想，还将戴尔公司发展成了拥有250亿美元资产规模的大公司。

我的成长秘笈

在失意时展望美好的未来，这是任何人都能做到的事情。但只有付诸行动，才能使想象变成现实。

风行世界的西服，是法国一个叫菲利普的人发明的，他是从渔民和马车夫那里学来的。

有一年秋天，年轻的子爵菲利普和好友们结伴而行，踏上了秋游的路途。他们从巴黎出发，沿塞纳河逆流而上，再在卢瓦尔河里顺流而下，品尝了南特葡萄酒后来到了奎纳泽尔。想不到的是，这里竟成为西服的发祥地了。

奎纳泽尔是座海滨城市，这里居住着大批出海捕鱼的渔民。由于风光秀丽，这里还吸引了大批王公贵族前来度假，旅游业特别兴旺。来这里的人最醉心的一项娱乐是随渔民出海钓鱼。

菲利普一行也乐于此道，来奎纳泽尔不久，他们便请渔夫驾船出港，到海上钓鱼取乐去了。鱼一旦上钩，要将钓竿往后一拉，这里的鱼都挺大，菲利普感到自己穿着紧领、多扣子的贵族服装很不方便，有时拉力过猛，甚至把扣子也挣脱了。可他看到渔民却行动自如，于是，他仔细观察渔民穿的衣服，发现他们的衣服是敞领、少扣子的。这种样式的衣服，在进行海上捕鱼作业时十分便利。就是说，敞领对用力的人是十分舒服的，也便于大口地喘气；扣子少更便于用力，在劳动强度大的作业中，可以不扣，即使扣了也很容易解开。菲利普虽然是个花花公子，但对于穿着打扮，倒有些才能。渔夫的

小处关心
大处惊人

穿着打扮让他得到了启发，回到巴黎后，他马上找来一班裁缝共同研究，力图设计出一种既方便生活而又美观的服装来。

不久，一种时新的服装问世了。它与渔夫的服装相似，敞领，少扣，但又比渔夫的衣服挺括，既便于用力，又能保持传统服装的庄重。新服装很快传遍了巴黎和整个法国，以后又流行到整个西方世界——这种新式服装就是西服。

我的成长秘笈

处处留心皆学问。只有融入到自然和社会生活之中，才能找到源源不断的灵感。

主意在行动中变成现实

有一位名叫霍列瑞斯的人，在人口调查局工作，他对电学很感兴趣，业余时间总喜欢摆弄电器。经他之手，不知有多少电器"起死回生"。有一段时间，霍列瑞斯忙得不可开交，堆积如山的人口调查资料，使他望而生畏。他必须将人口调查表上填写的年龄进行分类，然后再统计不同年龄段的人数。霍列瑞斯起早摸黑地干了几个月，十分苦恼。

一天，一位电器爱好者来霍列瑞斯家串门，问他最近为什么没有玩电器，并建议他设计一个电器，替代人统计资料。"这主意不错，只是不大现实。""这完全可能，比如：你可以让每个接受调查的人都使用相同规格的硬纸卡片，按照不同的个人情况在不同的位置上穿孔，然后使用一种特殊的机器把这些信息读出，并加以统计。"

这位朋友给了霍列瑞斯极大启发。用穿孔卡片帮助统计的思路也很有道理。可是，如何设计才能使机器辨别出穿孔所在的不同位置呢？霍列瑞斯想起了提花编织机上穿孔卡的做法。1728年，法国工程师法尔康在研制自动提花编织机时，设计了一连串长长的穿了孔的卡片，让卡片转动，使得那些与卡片上的洞眼正好对着的织针顺利通过，而对不上的织针通不过。这样，纱线就织出了设计的花纹。沿着这一思路，霍列瑞斯在1888年采用弱电流技术，发明了制表机。

这种制表机的工作原理十分巧妙：穿孔卡片固定地放在压力机的底部，在卡片每个可能穿孔的地方的下面都有一个水银杯，在水银杯中通上弱电流。在压力机可移动的上部有与水银杯相对应的装有弹簧的金属棒。工作时，转动摇把，放下压力机上部，使其与卡片接触。此时，没有穿孔的地方，金属棒无法与水银杯接触，不能形成回路。有穿孔的地方，金属棒与水银杯接触，形成回路。接通的弱电流使继电器吸合，产生大电流，大电流使相应的计数器加一起。

经过试用，证明制表机可大大提高统计效率。1890年，它被正式用于人口统计工作。这年共有6300万人的调查资料，霍列瑞斯和他的同事仅用一个月就完成了统计。而在1880年，5000万人的资料统计制表工作，就花了七年半的时间。

我的成长秘笈

任何事情都存在捷径，只是有时候我们没有发现。一旦找到了这条捷径，必将收到事半功倍的效果。

Baidu知道

新闻 网页 贴吧 知道 MP3 图片 视频 百科 文库

帮助 | 设置

搜索答案　　我要提问　　我要回答

问: 明星要吃饭和上厕所吗?
答: 当然不用, 明星只会"用餐"和"上洗手间", 不用"吃饭"和"上厕所"。

问: 为什么我的脸很黄?
答: 这位朋友一定是中国人吧!

问: 哪位朋友知道adidas(阿迪达斯)的含义?
答: 牛津词典都查不到, 错误的单词。

问: 我已经26岁了, 还喜欢看天线宝宝和蒙面超人, 我还有救吗?
答: 那要看有没有人愿意救你。

问: 我的奇瑞QQ(一种国产汽车的品牌)丢了, 请问怎么才能找回来?
答: 如果你还记得QQ密码的话, 可以到腾讯公司网站申诉。

问: 我大便之后, 体重一点也没有减轻, 请问这是怎么回事?
答: 你拉腿上了吧。

问: 我的百米速度是9秒8, 但我带球跑的速度却有21秒, 我怎样才能提高带球跑的速度?
答: 强烈建议您开始练短跑。

问: 怎么驱赶蚂蚁?
答: 买个食蚁兽回来。

问: 怎么样才能在街上捡到更多的钱?
答: 最好当垃圾清扫员, 这样拾零钱几率大。

问: 该死的理发店把我的头剪坏了! 大家出点损招, 破坏性越大越好, 动静越小越好, 因为是我一个人去。
答: 半夜三更, 悄悄的, 一个人吊死在理发店门口。

问: 如果在汽车上睡着, 醒来最想知道的是什么?
答: 如果是司机的话, 我最想知道自己是否还活着。

问: 双胞胎, 哥哥叫天龙, 弟弟叫啥好?
答: 八部。

问: 玩开心网你偷到的最值钱的东西是什么?
答: 网吧的鼠标。

问: 宝宝将在2007年2月诞生, 爸姓章, 妈姓王, 请大家起个名, 最好是双字名, 且是动宾结构的。
答: 章鱼王。

问: 你最喜欢键盘上的哪一个键?
答: F4。

问: 如何用三盏灯和一张凳营造出一种紧张气氛?
答: 灯灯灯凳(模仿配音)。

问: 如果当初苹果砸中的不是牛顿, 而是我, 我也能发现万有引力定律?
答: 如果掉下来的是椰子呢?

只是舀了一杯水

阿

顿，要他尽快算出玻璃灯泡的容积。阿普顿拿着底部圆嘟嘟的灯泡左看右看，琢磨了好长时间。用直尺？不行！用皮尺？还好，能打弯儿。于是普顿用皮尺在灯泡上左右、上下量了一阵，又在纸上画了好多的草图，写满了各种尺寸，列了许多道算式，算来算去，折腾了半天，还是没有结果。阿普顿急得满头大汗，面对爱迪生，羞愧得不知所措。

爱迪生看到了阿普顿的窘样，他微笑着摇摇头，和蔼可亲地对他说："哦，我的上帝，你还是请它来帮忙吧！"说着，舀了一杯水，倒在灯泡里。然后把灯泡里蓄满的水又重新倒进量杯里。阿普顿恍然大悟，计算出量杯里水的体积，自然就知道灯泡的容积了。结果很快出来了，而爱迪生的一句点拨也让他在科学发展的路上扫清迷雾，求索得更为灵活。

阿普顿是普林斯顿大学数学系的高才生，毕业后，有幸投身到爱迪生的门下做他的助手。爱迪生的人品、学识深深地影响着阿普顿，爱迪生科学实验的聪明才智更是让阿普顿深受启发。很多年后，阿普顿依然清晰地记得自己拿尺子量灯泡的傻样，每次提起都忍俊不禁。

有一天，爱迪生把一只灯泡交给阿普

我的成长秘笈

在有些情况下，动脑远比动手更重要。学会变换角度看问题，往往能够得到更好的答案。

第七章

快乐做人，
和谐做事

你怎么看你自己

仔仔兴高采烈地从学校里回来，问妈妈："爸爸呢？"

妈妈看到仔仔兴奋的样子，奇怪地问："爸爸在家，你找爸爸做什么？"

"我向爸爸要5角钱。"

"为什么？"妈妈问道。

"在考数学以前，爸爸对我说'如果考了100分，就给我1元钱，考80分给8角。'今天，我数学考了45分。"仔仔回答。

妈妈吃惊地问："什么？数学才考45分？"

仔仔得意地说："是呀，数学上要四舍五入，因此，爸爸必须付5角钱。"

这是一个真实的故事。她站在台上，不时不规律地挥舞着她的双手；仰着头，脖子伸得很长很长，与她尖尖的下巴扯成一条直线；嘴张着，眼睛眯成一条线，诡异地看着台下的学生；口中偶尔也会呷呷唔唔"的，不知在说些什么。基本上她是一个不会说话的人，但是，她的听力很好，只要对方猜中或说出她想说的话，她就会乐得大叫一声，伸出右手，用两个指头指着你，或者拍着手，歪歪斜斜地向你走来，送给你一张用她的画制作的明信片。

她就是黄美廉，一位自小就患脑性麻痹的病人。脑性麻痹夺去了她肢体的平衡感，也夺走了她发声讲话的能力。从小她就生活在诸多肢体不便及众多异样的眼光中，她的成长充满了血泪。然而她没有让这些外在的痛苦击败她内在奋斗的精神，她昂首面对，迎向一切不可能。最终，她获得了加州大学艺术博士学位。她用她的画笔，以色彩告诉人"寰宇之力与美"，并且灿烂地"活出生命的色彩"。全场的学生都被她不能控制自如的肢体动作震慑住了。这是一场倾倒生命、与生命相遇的演讲会。

"请问黄博士，"一个学生小声地问，"你从小就长成这个样子，请问你怎么看你自己？你没有怨恨吗？"我的心头一紧，真是太不成熟了，怎么可以在大庭广众之下问这个问题，太伤人了，真担心美廉会受不了。

"我怎么看自己？"美廉用粉笔在黑板上重重地写下这几个字。她写字时用力极猛，有力透纸背的气势。写完这个问题，她停下笔来，歪着头，回头看着发问的同学，然后嫣然一笑，再回到黑板前，龙飞凤舞地写了起来：

流行 网络用语

1. 彪悍的人生不需要解释。
2. 琴棋书画不会，洗衣做饭嫌累。
3. 也许似乎大概是，然而未必不见得。
4. 我喝酒是想把痛苦溺死，但这该死的痛苦却学会了游泳。
5. 不要等到人人都说你丑时才发现自己真的丑。

一、我好可爱！
二、我的腿很长很美！
三、爸爸妈妈这么爱我！
四、我会画画！我会写稿！
五、我有只可爱的猫！
六、……

教室内鸦雀无声，没有人讲话。她回过头来定定地看着大家，再回过头去，在黑板上写下了她的结论："我只看我所有的，不看我所没有的。"

掌声响起。美廉倾斜着身子站在台上，满足的笑容从她的嘴角荡漾开来，她的眼睛眯得更小了，有一种永远也不放弃的傲然，写在她的脸上。

我的成长秘笈

只看自己所拥有的，你会觉得很富有；只看自己所没有的，你便一无所有。与其怨天尤人，不如珍惜拥有。

我的腿很短

我的腿很短。因此我从小到大在教室里总是坐在第一排。尽管我体力不错，但我跑步不快、跳高不高、跳远不远，打乒乓球虽然还可以，但腿短手也短，刚过球网的球我伸手够不着，只好学会了扔拍子，这倒成为我的"一绝"。学骑车比同伴多花了很多时间，到很晚我才学会——为此我很烦恼也很自卑，我恨透了我这双短腿，虽然我从小学习成绩不错。

梦云的腿很长。她从小就在同伴中鹤立鸡群，跑步、跳远、打球也是样样拿手，骑车更是一学就会。每每看着她长发飘飘，迈动那双长长的腿轻松潇洒地骑着单车，引来众人仰慕追逐的目光时，我心里嫉妒得要命，虽然她是我的好朋友。

高考时，我落榜了。梦云的考试成绩还不如我，但她凭着她那长长的腿带来的骄人的体育成绩考上了大学。我更加嫉妒她那双长腿，也更加怨恨父母给我生了一双短腿，并且与她断了往来。

大学里她依然鹤立鸡群，有众多仰慕追逐的目光，可是，后来……

当我再次见到她时，她依然那样鹤立鸡群，只是一只腿的裤管是空的，腋下多了一双木拐，泪水顿时涌出了我的眼眶……我这才发现自己虽然有一双短腿，但其实已是多么幸运，也才发现其实梦云不只是腿长，她的脸也是那样的秀气，眼睛也是那样的美丽，目光也是

能有什么希望呢?

不知过了多长时间，有一次我在街上闲逛时，无意中在一家电脑店里看到了梦云。只见她静静地坐在那里，手里拿着个什么东西，眼睛专注地盯着面前一台拆开的电脑，那副木拐放在旁边……

那一天，梦云坐在我对面，那副木拐仍然醒目地放在旁边，我发现她忧郁的眼神又开始变得明亮。她说其实她应该感谢命运，虽然车祸夺去了她的一条腿，但没有夺去她的生命，在拄着双拐的日子里，她感受到了生命的艰辛，但同时也深深地体会到了活着的美好。她更要感谢她的家人和许多许多的热心人，给她许多的温暖，这温暖甚至是她在健康时没有感受过或者说没有在意过的，帮助她开小店，学裁缝……使她现在终于能够这样安静专注地坐在这电脑前，她学会了修电脑，还在网络中感受到了更多温暖……

她安静地叙说着，我的心里却掀起了阵阵波澜，头慢慢地低下了，脸也渐渐地红了……

那样的真诚沉静，只是往日的明朗里多了一丝忧郁……

从那以后，我不敢去看她的腿。每每想起那样秀丽沉静的女孩子，却有一只腿的裤管是空荡荡的，想起与她曾经共同拥有的美好时光，我的心就不禁一阵阵地疼……我不敢去看她的腿，也不敢去想她今后的生活该怎样继续下去，更不知应该怎样去安慰她，我只是继续我游手好闲而愈加消沉的生活——梦云都这样了，我还

我的成长秘笈

腿长与腿短，富有与贫穷，欢乐与痛苦……一切都是相对而言。参照不同的事物，就会得出不同的结论。

两个女人一条腿的故事

你听说过"两个女人一条腿"的故事吗？她们一个叫艾美，是美国姑娘；另一个叫希茜，是英国姑娘。她们聪明、美貌，但都是残疾。

艾美出生时两腿没有腓骨。一岁时，被迫截去膝盖以下部位。后来，她装上了假肢，凭着惊人的毅力，她现在能跑，能跳舞和滑冰。她经常在女子学校和残疾人会议上演讲，还做模特，频频成为时装杂志的封面女郎。

与艾美不同的是，希茜并非天生残疾。她曾参加英国《每日镜报》的"梦幻女郎"选美，一举夺冠。1990年她赴南斯拉夫旅游。当地内战期间，她帮助设立难民营，并用当模特赚来的钱设立希茜基金，帮助因战争致残的儿童和孤儿。1993年8月，在伦敦她被一辆警车撞倒，肋骨断裂，还失去了左腿。但她没有被这一生活的不幸击垮。她后来奔走于车臣、柬埔寨，像戴安娜王妃一样呼吁，为残疾人争取权益。

也许是一种缘分，希茜和艾美在一次与国际著名假肢专家见面时相识。她们虽然肢体不全，但不觉得这是件人生憾事，反而觉得这种奇特的人生体验给了她们坚忍的意志和生命力。她们现在使用着假肢，行动自如。

只要不掀开遮盖着膝盖的裙子，几乎没有人能看出两位美女套着假肢。她们常受到人们的赞叹："你的腿形长得真美，看这曲线，看这脚趾甲涂得多漂亮！"

她们中的艾美说："我虽然截去双腿，但我和世界上任何女性没有什么不同。我爱打扮，希望自己更有女人味。"

你看这姐俩，她们几乎忘了自己是残疾人。她们没有工夫去自怨自艾，人生在她们眼里仍是那么美好。

我的成长秘笈

人可以没有健康的身体，但一定要有高尚的灵魂。当一个人专注于崇高的理想时，往往会遗忘自身的痛苦。

国籍：中国

民族：汉

出生地：上海

出生日期：1983年7月13日

毕业院校：华东师范大学

身高：189厘米

体重：87kg

职业：田径110米栏运动员

重要事件：雅典奥运会十二秒九一打破奥运会纪录，2008年北京奥运会因伤退赛

刘翔，中国田径运动110米跨栏一级运动员，1983年7月13日出生在上海市普陀区，1998年刘翔开始转向跨栏训练。2004年雅典奥运会上，以12秒91的成绩平了被保持11年之久的奥运会纪录。2009年12月11日下午15时20分，在东亚运动会田径男子110米栏决赛中，刘翔以13秒66的成绩轻松夺得冠军。2010年11月24日，在第16届亚运会上，刘翔以13秒09打破110米栏亚运会纪录获得冠军。

刘翔

别名：春春、小宇、小葱

国籍：中国

民族：汉

出生地：四川成都

出生日期：1984年3月10日

毕业院校：四川音乐学院

星座：双鱼座

生肖：鼠

身高：175厘米

职业：歌手

擅长乐器：架子鼓、钢琴、吉他、鼓机

代表作品：《少年中国》、《和你一样》、《蜀绣》、《WHY ME》、《梨花香》等

中国最具影响力和传奇性的女歌手之一，中国首位民选超级偶像，词曲创作人，音乐制作人，电影演员，公益慈善先锋，时尚引领者，有中国"舞台皇后"之称。2005年"超级女声"音乐比赛年度总冠军。至今拥有13场个人演唱会，34首冠军单曲，5张冠军销量专辑，2部电影，歌迷遍布全球。

李宇春

快乐第一，
其余第二

哈佛西湖学校坐落于风景优美的洛杉矶，是全美久负盛名的私立高中，入学的门槛很高。小菲里斯的梦想就是能考进这所学校。但小菲里斯平时非常喜欢打棒球，只要有小伙伴在楼下喊一声："喂，菲里斯，棒球队需要你的加入！"他总会飞快地冲出门，而且一玩起来便忘了学习。玩够了回家，又常常后悔不迭，甚至生气地捶打脑袋。为此，小菲里斯想到了一个办法，准备在书房里张贴一句话来告诫和激励自己珍惜时间，努力读书。

"嘿，朋友，时间就是金钱！"小菲里斯挑来挑去，终于从一大堆格言警句中做出了选择。这句话最早出自英国19世纪的多产小说家布尔沃·利顿之口。当小菲里斯工工整整地抄写好，准备张贴出来时，被曾经做过职业棒球运动员的父亲看到了。

"菲里斯，你喜欢这句话？"

趣味科学常识

迪斯科灯光诱杀毒蟾蜍

在澳大利亚，一种名为蔗蟾蜍的有毒蟾蜍数量多达数百万只，成为最令当地人头疼的动物。因为它们释放出来的可引起幻觉的毒液甚至能杀死鳄鱼和野狗，其他动物因为误食蔗蟾蜍中毒身亡的事时有发生，而要对付这种毒蟾蜍还很不容易。

谁能想到相貌丑陋的毒蟾蜍竟迷上了夜总会中的"迪斯科灯光"！2005年9月，澳大利亚研究人员利用这种深色的紫外线光吸引并捕获了很多蔗蟾蜍，缓解了这种有害物种对当地环境的威胁。

小菲里斯自信地说："是的，我要把它当做我的座右铭。让它每天都提醒我：'嘿，朋友，时间就是金钱！'有了它的提醒，我就不会天天想着打棒球，考上西湖高中的机会就会大一些。"

父亲没有说什么，转身取来两只透明的小瓶倒置在桌上，一只里扣着一枚硬币，另一只里扣着一朵鲜花。小菲里斯问父亲是不是要变魔术，父亲笑而不答。

直到第二天下午，父亲才开口："菲里斯，你看到瓶子里有什么变化吗？"

"当然，变化很大。至少那朵鲜花不再鲜艳，花瓣已经枯萎了。"父亲点点头，认真地说："让鲜花枯萎的是时间，时间溜走了，你再也追不回来，如同你无法让鲜花重新充满生机一样；可是钱币还在。菲里斯，你还认为时间就是金钱吗？"

这个道理，似乎人人都懂。把金钱放入储蓄罐，可以储存到你想用掉它的任何时候，但时间能储蓄吗？

"爸爸非常支持你去考梦想中的学校。万一，我说的是万一，你失败了，而大把的时间已经花费掉，到时你会更沮丧。亲爱的菲里斯，学习固然重要，可我要说，快乐第一，其余最多也就是第二，不要对自己太苛刻。"

小菲里斯听懂了父亲话中的意思。此后，他合理地分配时间，快乐地学习，快乐地和伙伴们打棒球。3年后，小菲里斯没有考上哈佛西湖学校，但5年后，体格健壮的菲里斯被亚利桑那响尾蛇队选中，成了一名优秀的职业棒球运动员。

在菲里斯的更衣柜里，贴着另外一句话：只要你快乐地去做，输和赢都很精彩。

我的成长秘笈

人生的意义不在于追求某个目标，而在于享受生活的过程。只要能够合理地安排时间，让自己活得更快乐，输和赢都很精彩。

感觉最幸福的不幸女孩

有一个不幸的女孩儿，她经历坎坷。女孩儿的经历和事迹曾让无数的人泪流满面，可是她却感觉"我最幸福"。

女孩儿是个无父无母的孤儿，她没有双手。但是她却用自己的脚写了一篇作文，作文在全县的一次征文比赛中获得了一等奖，作文的题目叫做"我最幸福"。作文里面没有一句抱怨，有的全是对生活的感激。

女孩儿很穷，她上不起学，但是她自己找到了学习知识的办法。她趴在教室外面的墙上，偷听老师讲课。

幽默乐翻天

老师出了个题目，"假如我是个百万富翁"，让学生写作文。

同学们写呀写呀，陷入了美好的幻想之中，唯独约翰坐着不动。

老师奇怪地问："你干吗不写作文？"

约翰得意地说："百万富翁用不着写什么作文，有秘书呀。"

1. 钱不是问题，问题是没钱！

2. 喝醉了我谁也不服，我就扶墙！

3. 我就像一只趴在玻璃上的苍蝇，前途一片光明，但又找不到出路。

4. 大师兄，你知道吗？二师兄的肉现在比师傅的都贵了。

那年冬天，天气特别寒冷，但是寒冷不能阻碍女孩儿去听课。老师提了一个问题，班上没有一个同学能回答出来。这个问题却被趴在墙外偷听的女孩儿回答出来了。教室里的老师和同学一直都没发现女孩儿，所以当他们听到女孩儿的正确答案时非常惊讶。女孩儿的行为和精神感动了师生，他们把女孩儿领进教室，收留了她，让她每天可以和同学们一起上课，大家都自觉地保守这个秘密，不告诉学校。就这样女孩儿上完了小学。

女孩儿小学毕业考试成绩是他们全县的第一名，可是却没有一个中学录取她，因为她没有双手。

女孩儿的母亲因脑子出了毛病，隔一段时间就要出走一次。在她很小的时候，母亲又一次出走。她的双手就是因为母亲的出走失去的。当有人问她："你的双手是因为母亲的出走失去的，你有没有恨过她？"她的回答是："没有。从来没有。我爱她，我总是觉得对不起她。"一天，她的母亲一次出走后再也没有回来。后来，在结了冰的河水里，人们找到了她的母亲。提起母亲，女孩儿总是泪流满面，她总是内疚地说："是我没有照顾好母亲。"以后的日子里，女孩儿一想起不幸的母亲，就感到深深的自责。

后来女孩儿辍学在家，她自学完成了中学的全部课程。没有双手的女孩儿什么饭都会做，像米饭、炒菜都是简单的，她还会蒸包子和包饺子。女孩儿不仅用双脚学会了做饭，还学会了画画和书法。女孩儿用脚切土豆丝，切得很细，很匀，她切土豆丝的时候，脸上总是带着坚毅的笑容；女孩儿用脚绘画，在许多人看来，水平绝对不低；女孩儿用脚练习书法，她最爱写的字就是"我最幸福"。

我的成长秘笈

幸福与不幸不是绝对的概念，而只是一种心灵的感觉。幸福源于珍惜拥有，所以，请珍惜你眼前所拥有的一切吧！

了解生活的艺术

分享到她园中的芳馨，同时，更愿以极诗意的工作来减轻丈夫生活的重负，她总是黎明即起，将一些带露的花朵剪了下来，放置在挑筐里，挑着到城中去叫卖，往往在午前才能回到家中。有时她中途遇雨，回来时满头满身都湿淋淋的，但她并不以为然，一边用帕子拭着她头上额间的雨水同汗珠，一边笑着对她的家人说："我已经完成一件美的工作了!"

然后，她走到她的书桌边，展开纸，拿起笔，才写了没有几页，看看天已将午，她便又匆匆地赶到厨房。

玛利生活得那样快乐，那完全是由于她将全部的精神寄托在两件事上：养花和写作。她懂得生活，了解生活的艺术，倾心于美的、崇高的、有意义的事物与工作，最后，她的生活的本身就变成了艺术! 破陋的屋子，粗劣的饮食，有什么关系呢? 不合时宜的旧衣裳，繁繁的苦作，又有什么关系呢? 什么能阻拦住一颗纯真而淳朴的心灵，向往于那最崇高的美的境界，如同云游马逍遥地飞向高空?

玛利的爱好有两样：一是大自然，二是文学。她那并不宽敞的园圃内，四季开满了可爱的花卉，她晨昏守望在花径上，内心充满了不可言喻的喜悦。她为了使人

我的成长秘笈

艺术能够带给人愉悦的感受。当我们把生活也当成一种艺术时，快乐就成了衣食住行、油盐酱醋。

世上最幸运的人

这是一个贫寒的家庭，一家人相依为命。父亲辛辛苦苦地工作，养活一家子，儿子也知道生活的艰辛，一直都很懂事。

有一天，儿子眉头紧锁，闷闷不乐，显得心事重重。父亲把一切看在眼里，关切地问儿子，儿子怎么也不肯说，他不想为难父母，后来才吞吞吐吐地说："同学们都有自行车，只有我没有……"

父亲沉默了，因为家里实在没有多余的钱。

过了几天，儿子惊喜地跑回家，对父亲说："爸爸，给我两块钱吧。我要玩转盘游戏，转盘上有自行车。"

父亲看着儿子渴望的眼神，没说什么，把钱递给了儿子。

儿子欢天喜地地去了，不久便垂头丧气地回来了。

"我是世上最不幸的人。"儿子忧郁地嘟嚷着。

父亲意识到自行车对儿子的重要性，若有所思地转身走了。

第二天，父亲让儿子再去试一次运气。儿子有点迟疑，但在父亲的鼓励下，还是拿着钱去了。这回，大喜来临，儿子一蹦一跳地跑回家，对父亲说："我中了，我中到自行车了，我是世上最幸运的人，再大的困难也难不倒我了……"

若干年后，儿子事业有成，拥有了不薄的家产。只是那辆自行车他一直保存着。每当他受到挫折时，他都会想起自行车，想起他是世界上最幸运的人。

而那位父亲呢，一直保守着一个秘密。

父亲临终前，把儿子叫到床边："儿子，你知道那辆自行车是怎样中到的吗？"儿子困惑地看着父亲。

"这辆自行车是爸爸买的。我从亲戚朋友那里借钱买了那辆自行车。因为，我不想破坏你的感觉，让你觉得自己是世上最不幸的人……"

有这样一位懂得如何给孩子心灵激励的父亲，他的确可称得上是"世界上最幸运的人"了。

我的成长秘笈

消极悲观的心态使人颓废，积极乐观的心态催人奋进。善意的欺骗，有时也能成就人生。

性格测试

●星座与性格●

●白羊座

3月21日－4月19日

基本性格透视：

白羊座的人冲动、爱冒险、天不怕地不怕，而且一但决定，就不到黄河心不死，为了要达到目的，他会排除万难。大部分白羊座的人脾气很差，不过他脾气来得快也去得快，很快就会没事。

白羊座男人是典型的大男子主义者，他们不会要别人的同情或帮助，一定要靠自己开创自己的成功；而白羊座的女人也都不会做全职家庭主妇，她一定要有自己的事业，做事不拘小节，绝不拖泥带水，不过难免有点自私。

●金牛座

4月20日－5月20日

基本性格透视：

金牛座是保守型的星座，他不喜欢变动，金牛座的人不会急躁行动，很有忍耐心，非常顽固，一旦决定了的事，他不喜欢改变。

金牛座的男性有潜在的大男人主义；而女性则喜欢打扮自己。他们通常都是慢热的，要花一段时间才会适应一份感情、一份工作、一个环境。但适应了之后，他们很少会改变，而且金牛座的人很有艺术细胞。

●双子座

5月21日－6月21日

基本性格透视：

双子座的人爱变化，不可能同一时间只做一件事。虽然有些聪明，但不专一，往往流于肤浅，持久力又低，成功很难。

双子座的守护星水星是使者之神，会刺激智慧，但也会令人产生挑剔和紧张的情绪。双子座的人善于和人相处，有较强的亲和力。

●巨蟹座

6月22日-7月22日

基本性格透视:

爱家的母性本质,有坚硬的外壳,却有柔软的内心,巨蟹座很懂得保护自己。

巨蟹座属水相星座,所以不免情绪变化小,记性很强,对一些不必斤斤计较的事他也会耿耿于怀,不过对他所爱的人非常体贴和亲切。

在十二星座中,巨蟹座是最坚持到底的星座,他对朋友和爱人都很忠实和执著。

对家庭重视程度很高,对任何事物都不舍不弃,而且他对美好事物的品味也相当高。

●狮子座

7月23日-8月22日

基本性格透视:

阳光、热情、自信、大方都是狮子座的特质。

天生的领导力使他喜欢指挥别人,有强大的组织能力,不过过分的自信使他变得自大、固执。

太在乎别人对他的看法,往往因此而不快乐;不肯认输的个性,也是令自己不快乐的源泉。

●处女座

8月23日-9月22日

基本性格透视:

因为水星是处女座的守护神,影响到处女座的人追求美、挑剔、神经紧张、吹毛求疵正是他们的特性。

处女座的人大部分都很谦虚,他们踏实、勤劳而不肤浅,但很容易为自己带来压力。

处女座的人挑剔、唠叨又婆婆妈妈,和别人相处很不易,人际关系一般。不过处女座的人爱帮助别人是另一个事实。所有处女座的人都喜欢忙碌,为他人服务是他们的人生目标。

缺乏自信的处女座有时组织能力很差,对自己没有自信心,他们需要朋友和家人的鼓励去推动他们。

胡萝卜、鸡蛋和咖啡

当逆境找上门，你该如何应对？你是做胡萝卜、鸡蛋，还是咖啡？

一个女儿对父亲抱怨她的生活，抱怨事事都那么艰难。她不知道该如何应付生活，想要自暴自弃。她已厌倦抗争和奋斗，因为一个问题刚解决，新的问题就又出现了。

她的父亲是位厨师，他把她带进厨房。只见他先往三只锅里分别倒入一些水，然后把它们放在旺火上烧。不久锅里的水烧开了，他往第一只锅里放些胡萝卜，在第二只锅里放只鸡蛋，在第三只锅里放入碾成粉末状的咖啡豆。他将它们浸入开水中煮，一句话都没有说。

女儿咂咂嘴，不耐烦地等待着，不知

道父亲在做什么。

大约20分钟后，父亲把火关了。他把胡萝卜和鸡蛋捞出来，分别放在盘子里，然后又把咖啡舀到一个杯子里。做完这些后，他才转过身问女儿："亲爱的，你看见什么了？"

"胡萝卜、鸡蛋、咖啡。"她回答。他让她靠近些，并让她用手摸胡萝卜。她摸了摸，注意到它们变软了。父亲又让女儿拿出鸡蛋并打破它。将壳剥掉后，她看到的是只煮熟的鸡蛋。最后，他让她喝了咖啡。品尝到香浓的咖啡，女儿笑了，她好奇地问道："父亲，这意味着什么？"

父亲解释说，这三样东西面临同样的逆境——煮沸的开水，但它们的反应各不相同。胡萝卜入锅之前是强壮的、结实的，但进入开水之后，它变软了、变弱了。鸡蛋原来是易碎的，它薄薄的外壳保护着它呈液体的内脏。但是经过开水一煮，它的内脏变硬了。而

趣味科学常识

奇怪的树

面条树：在南非马达加斯加的山区，有一种奇怪的"面条树"。这种树每年四、五月开花，六、七月结出条形的果实，最长的可达两米，当地居民叫它"须果"。到食用时，放到水里煮软，加上佐料，就是一碗味道鲜美的"面条汤"。

蛋树：美国有一种树，结的果实像鸡蛋一样，可以食用。树上结的"蛋"非常鲜美，味道略似甜瓜，可以红烧，也可以做冷盘。

粉状咖啡豆则很独特，进入沸水之后，它们反倒改变了水。

"哪个是你呢？"父亲问女儿，"当逆境找上门来时，你该如何反应？你是胡萝卜、鸡蛋，还是咖啡？"

我的成长秘笈

身处逆境需要智慧：以卵击石，会牺牲自己；随波逐流，又会失去自己；只有学会融入环境，才能更好地生存。

艺术老顽童

儿时的黄永玉就有着不安分的、好动的、探奇的创造天性。童年时的黄永玉经常闯祸，为了逃避外婆的惩罚，他常常跳进木盆，躲到茂密的荷塘中。困在木盆里的黄永玉无所作为，只能靠观察周围的细节来消磨时间。后来这一切便成为黄永玉笔下的荷塘。

得童心者得道也，黄永玉就是这样的人。在形容自己时，黄永玉说："我这个人

是这样，痛苦的年月太长，我在痛苦的日子里，也很开心。"

"文革"过后，黄永玉回到北京，住在搁置了许多年的"芥末"故居。这间房子四壁连一扇窗户都没有，一走进去就有种压抑内心的憋闷感。然而，黄永玉并没有厌弃这间小屋。他笑呵呵地拿出一张洁白的画纸贴在墙上，然后信手在上面画出一扇窗户，画得如同真窗，各种景象栩栩如生，让人顿时感觉屋外的阳光像流水一样涌入小屋，屋内的一切立刻显得生动无比，憋闷的心灵也在瞬间变得开阔。

有人评价黄永玉画的不是中国画。朋友特别生气，比黄永玉自己还生气。黄永玉就对朋友说："你告诉他，他再说我的画不是中国画我告他去！"玩笑之中，一个天真、淡然的"老顽童"形象，让人不禁一笑。

黄永玉的经典语录是："自然地过日子，开开心心的，别认为自己有多么了不起。"

我的成长秘笈

把名利看得淡一些，把世事看得开一些，把自己看得轻一些，你就会少一些烦恼，多一些快乐。

让情绪引导成功

一阵震天动地的轰鸣声，韩国首尔闻名退迩的三丰百货大楼在一瞬间倒塌了，刹那间近千人被埋入瓦石之下。挖掘救援进行到了第16天，所有援救人员，甚至几乎所有的国民都认为，这种挖掘只不过是"人道主义尽职"的行动而已。然而，出人意料的事发生了。

一个营救人员忽然听到洞下隐约有声，几分钟后，他发现在这个废墟洞底，在一堆正在腐烂的尸体旁边，一位姑娘正睁大眼睛盯着他！一个在废墟中埋了近16天，被困377小时的人竟奇迹般生还了！当援救指挥人员询问她时，她以清晰的语言回答："我叫朴胜贤，今年19岁，是三丰百货大楼儿童服装部的售货员。"当询问的人重复一遍有误时，她又微笑着摇摇头做了更正。这又让人惊愕万分。医生对她做了紧急处理后，好奇地问："你是靠吃什么来维持生存的？"她的回答竟然是——"没有吃过一点儿东西，没有喝过一滴水。"这使所有在场的医务人员都目瞪口呆，不少人简直不相信自己的耳朵！

恢复体力后的朴胜贤告诉惊讶的人们："首先，我觉得我还年轻，我热爱生命，深深地知道我的父母、家人、亲戚、朋友都渴望我能活下来。我不断地平静自己焦躁的情绪，想象他们如何企盼我活下去。此外，我深信，营救人员一定在千方百计竭尽全力挖掘寻找。我的情绪很稳定，除了睡还是睡。"这个心理学史上的奇迹，曾经引起医学界相当多的关注和争论，也经常被心理学界引为论据。

我的成长秘笈

良好的情绪有利于调动自己的心理潜能，为自己添增战胜困难的勇气和信心，从而创造生命的奇迹。

费曼的快事

诺贝尔物理学奖获得者费曼教授被誉为"科学顽童"，他是个很有趣的人。有一年他去巴西讲学，住在一家高级宾馆，结识了当地一支桑巴乐队。没事的时候，费曼便偷偷找他们学习打鼓。

乐队的人只知道费曼来自美国，而且以前有过业余打鼓的经验，便接纳了他。费曼练习得很卖力，但经过一段时间，他还是没有打出巴西嘉年华会的味道，因为他没有按部就班地重现某种传统，有时喜欢按照自己的主意去发挥。

到了准备参加游行演出的前几天，乐队被叫去接受"检验"，费曼打鼓的"创新"味道居然被大家欣赏，于是他被准许参加演出。

宾馆里的服务员对费曼是熟悉的，但嘉年华会举行的那天，他们看见费曼穿着乐队的衣服经过宾馆门前，还是大吃一惊："那是教授！"为此，费曼得意许久。

中年的费曼还对绘画产生了浓厚的兴趣，熟人们都不赞成他"不务正业"，认为搞理论物理的人不可能在绘画艺术上有什么收获。但是费曼兴之所至，难以逆转，跑到美术培训班与年轻人一起画模特儿，当时他是成绩最差的一个。断断续续学了几年，费曼大有进步，但他并没对此抱很大期望，只是觉得快乐罢了。一次，有人在学院里办画展，费曼也送上两幅自己的作品，不料被一位女士看中，买回去给丈夫做了生日礼物。费曼知道后，比获得诺贝尔奖还兴奋！

我的成长秘笈

做自己喜爱的事情，并非一定要做到最好，只要让自己快乐便好，因为快乐的心情有助于事业成功。

卡耐基的赞美

在卡耐基的课堂上，有位叫比西奇的学生。比西奇似乎显得特别笨，在每个方面都比别人差。为此，比西奇感到很沮丧。

这一天，他带着失望的心情来到办公室，对卡耐基说："卡耐基先生，我想退学。"

"为什么？"卡耐基很不解。"我……我感觉比别人笨多了，根本学不会你的教程。"

"我觉得不是这样的，比西奇！"卡耐基说，"在我的感觉中，这半个月来，你的进步非常明显。在我的心目中，你是个勤奋而又成功的学生。"

"真的是这样吗？"比西奇略带惊喜地问。

"当然。照你目前的进展，到毕业时，你一定会取得优异的成绩的。"

卡耐基继续说道："我小的时候，人们都认为我是个笨孩子。那时，我特别忧郁。但后来，我摆脱了忧郁，同时也摆脱了'笨'。和我当年比起来，你要强多了。"

听到这番话后，比西奇内心深处升起了希望。他凭着自己的努力和卡耐基先生的鼓励，终于学完了全部教程，毕业时成绩虽不是很优异，但也足以让人刮目相看了。

比西奇毕业后，回到家乡开了一家小小的肉联厂。开厂之初，进展并不顺利。卡耐基继续写信鼓励和夸奖他："我觉得你办肉联厂的念头相当不错，这是个很有前途的机会，你一定会因自己的努力而获得巨大成功的。"

比西奇收到这些信后，非常感动，他同时也将这夸奖的艺术用于自己的雇员，没想到收效很大。在经济大萧条时期，整个美国都面临着挨饿的危机，人们四处求职谋生，争取仅有的面包和土豆。比西奇开的肉联厂虽然也受到了经济危机的冲击，生意遭挫，但他却能保持住肉联厂的生意，同时让雇员们拿到足够的工资，这不能不算是个奇迹。

我的成长秘笈

恰到好处的赞美，能够帮助他人发现自身的优点，点燃奋斗的热情，进而一步步走向成功。

布里斯是加州一家电器公司的销售员，结婚已有8年之久，他每天早上起床之后便草草地吃过早餐，冷漠地与妻子、孩子打声招呼后便匆匆去上班了。他很少对太太和孩子微笑，或对她们说上几句话。他是工作群体中最闷闷不乐的人。

后来，布里斯的一个好朋友琼告诉他，如果他继续那样下去，周围的人就都会疏远他。布里斯也意识到了这一点，于是，决定试着去改变自己，尽量向别人微笑。

不要吝惜微笑

布里斯在早上梳头的时候，看着镜子中满面愁容的自己，对自己说："布里斯，你今天要把脸上的愁容一扫而光，你要微笑起来，你现在就开始微笑！"当布里斯下楼坐下来吃早餐的时候，他以"早安，亲爱的"跟太太打招呼，同时对她微笑。

布里斯太太被他这一反常态的举动搞糊涂了，她惊愕不已。

从此以后，布里斯每天早晨都这样做，已经有两个月了。这种做法在这两个月中改变了布里斯，也使布里斯全家的生活氛围发生了前所未有的变化，使他们都觉得比以前幸福多了。

布里斯说："现在，我每次去上班的时候，就会对大楼的电梯管理员微笑着说一声'早安'。我微笑着向大楼门口的警卫打招呼。当我跟地铁收银小姐换零钱的时候，我对她微笑。当我的客户进公司时，我对那些以前从没见过我微笑的人微笑。我很快发现，每一个人也对我报以微笑。我以一种愉悦的态度，来对待那些满腹牢骚的人。我一面听着他们的牢骚，一面微笑着，于是问题就更容易解决了。我发现微笑带给了我更多的收入。"

我的成长秘笈

冷漠是一堵无形的高墙，它能使人近在咫尺却如远隔千里；而微笑则是人际关系的润滑剂，能够拉近彼此间心灵的距离。

初中，某数学老师讲方程式变换，在讲台上袖子一挽大声喝道："同学们注意！我要变形了……"

我初中老师讲题目喜欢置身其中……"我的底面半径是20cm，我的高是50cm，那么我……"下面有人说"是饭桶……"全班爆笑……

一同学在下面闹，我们老师说："你给我站到黑板上面去！"——高难度啊。

化学老师做题时故意做错，然后让某同学找出其中的错误。该同学艰难地答出之后，老师赞许而很严肃地说："很好，你看出了老师的破腚（绽）。"众皆木然，下课后，老师刚走出去，全班哄堂大笑。

王老师经常向我们抱怨语文难教，我们不听话，最绝的就是对我们说："难道我上辈子杀了人，所以这辈子上帝罚我当老师？"

一次上课时，有同学在下面捣乱，语文老师暴怒，对那位同学说："我要不是手痛的话，一脚踢你出去！"

历史课上，有同学在下面交头接耳，老师点到他的名字时，他居然还跟老师顶嘴。老师气得脸色发紫，指着墙角的空调说："你给我站到冰箱边上去……"

我们的生物老师最爱说的口头禅是："你们……"一次讲到环保问题，他意味深长地说："你们人类啊！就是不重视环保……"

地理老师普通话说得不好，说话之前总要酝酿一下怎么发音。一天上课，他在讲台上板书，底下很闹，于是他转过来，生气地看了大家10秒，说了一句让全班茫然的话："我闭着眼睛都听得到你们在说话！"

人清理一下小区的卫生。

小区是高档小区,不但设施齐全,而且环境优美。每个套间的面积都在130平方米以上,而且家家有车,冬天有暖气,夏天有冷气。对于既没暖气也没冷气的车库,冬天则如冷窖,夏天就像蒸笼,实在让人难以忍受。而那三口之家,就像个另类,在这个小区里总是处处显得格格不入。对于那一家三口朴素的穿着和有些土气的行为,时间一长,人们也就习惯了。

在我们小区的一个车库里,住着一个三口之家。车库只有不到20平方米的空间,要住一家三口,自然有些拥挤。好在那是开发商以前用做仓库,现在还没来得及卖出去的车库,已经空置了好长时间,正好让这个三口之家暂住,当然也不用交房租。

男的是小区聘请的临时清洁工,女的没有工作,带着一个七八岁的小男孩。女人除了给父子俩做饭洗衣,有时候也帮男

慢慢地我发现,白天人们都在上班,倒还没什么异样,可是一到晚上,小区便有些不同了。那些住在装修豪华的套间里传出来的,大多不是麻将声,就是争吵声,再就是可怕的沉默。只有住在车库里的那一家,总是充满了欢声笑语。

快乐都是自找的

脑筋急转弯

当哥伦布一只脚迈上新大陆后，紧接着做什么？

——迈另一只脚。

什么东西人们在不停地吃它，却永远吃不饱。

——空气。

用什么办法能使眉毛长在眼睛下面？

——倒立。

一天晚上，我从城中河边散步归来，正好听到那一家三口的欢笑声，于是便走了进去。男主人非常热情地接待了我，女主人则在忙着收拾桌子。

我问男主人："你们一家怎么这么开心呀，莫非有什么喜事？"男主人故意只笑不吭声。见我一脸的茫然，女主人也跟着笑了起来。我更加好奇了，问："是不是今天清理垃圾的时候捡到一大笔钱了？"男主人摇了摇头，脸上仍然漾着笑意。我又问："是不是孩子考上重点学校了？"男主人还是摇头微笑。我说："既没捡到钱，孩子又没考上重点学校，还有什么值得这么高兴的事情呢？"

男主人这才收敛了笑容说："其实也没什么事情，今天我从垃圾桶里捡到了一个高脚酒杯，于是晚上我们一家人便学着电视里喝红酒的样子，以茶代酒，轮着喝，结果，我们互相看着对方的样子实在太滑稽，所以就笑了。"

原来只要心中藏着快乐的人，一件简单得不能再简单的事情，也能让他们笑上半天。我看着住在简陋车库里的这一家子，突然觉得他们其实是如此的幸福。在我准备告辞的时候，男主人突然对我说："其实快乐都是自找的，如果你不自己去寻找快乐，那么快乐是不会主动送上门的。"

我的成长秘笈

快乐并非由财富决定，而是取决于自己的心态。学会满足自己的拥有，你就会发现快乐无处不在。

天才的秘诀

小男孩儿一直很自卑，贫寒的家境使他觉得自己处处低人一等。别的同学都有时髦的衣服，他没有；别的同学都有新颖的文具，他没有；别的同学都有诱人的零食，他没有……在学校里，小男孩儿总是低头走路，一碰到不三不四的学生，他便赶紧躲开。纵然如此，他仍常常无缘无故地成为别人的出气筒，可怜的他，连还手的勇气也没有……受尽欺负的男孩儿常在心里问自己："我什么时候才能比别人强一点呢？"但他始终没有找到答案。

有一天，老师带着全班同学来到一家

生产水果罐头的工厂。那家工厂的设备非常简陋，每天依靠工人的双手洗刷成千上万个罐头瓶子。那些瓶子都是回收过来的，很脏，一不小心还会把手划破。孩子们的任务就是洗刷那些瓶子。为了激励孩子，老师宣布开展竞赛，看谁刷得最多。

小男孩儿站在同学中间，听到老师的号召，心里一阵激动，他从来没有得到过"第一"，那一刻他下定决心，一定要得到它。

他很快就学会了所有的刷瓶程序，刷得非常认真，一个接一个，一整天都没有停下来，一双小手被水泡得泛起一层白皮。结果，他刷了108个，是所有孩子里面最多的。当老师宣布

幽默乐翻天

一位男士急匆匆地冲进机场候机大厅，向服务员小姐问道："8:30飞往巴黎的班机起飞了吗？"

"是的，先生，10分钟前已经起飞了。"

男士并不死心，继续问："可是我是头等舱的乘客，没有优待吗？"

"是的，先生。"服务员小姐不紧不慢地说，"头等舱和经济舱同时起飞。"

这一结果时，小男孩儿兴奋得满脸放光，那种极度快乐的体验，从此一直留在了他的记忆中。

　　也就是从那一天起，当时十岁的小男孩儿知道自己的生活从此完全不同了。他开始抬起头来走路，而在他的内心深处，一种从未有过的力量正不断涌出，似乎有一座火山，正在他的体内爆发。得了"第一"的他一下子明白了，无论什么事情，只要他肯干，就一定可以干好。他开始玩命

地去做自己想做的事情，尽管最初他对那些事情并没有什么把握，可他坚信，只要坚韧不拔地努力下去，就一定能够得到自己想要的东西。

　　果然，这个名叫"周明"的小男孩儿一路顺利地走了下去。1985年，他从重庆大学计算机专业毕业；1988年，他获得哈尔滨工业大学计算机系硕士学位；1991年，他获得哈尔滨工业大学计算机系博士学位。他拥有数项重大发明，曾三次荣获部级科技进步二等奖，研制开发的商品化中—日、日—中翻译软件，是目前公认的世界领先的中—日、日—中机器翻译软件。

　　如今的周明是微软亚洲研究院的主任研究员，是计算机自然语言领域中公认的最为优秀的科学家之一。

　　谈及今天的成就，周明念念不忘当年的"一百零八个瓶子"。当年正是从手中的一百零八个瓶子上，他发现了天才的全部秘密，那就是六个字——不要小看自己。

我的成长秘笈

　　当你相信自己能做到的时候，你就一定可以做到。即使遇到再强大的阻碍也会得到化解，这就是自信的力量。积极做人，快乐做事，虽然只是一句简单的话，却改变了无数人的命运。

我在美国读书时，我的室友是日本人，她们家世代采珠，她有一颗珍珠是她母亲在她离开日本赴美求学时给她的。

在她离家前，她母亲郑重地把她叫到一旁，给了她这颗珍珠，告诉她说——当育蚌女工把沙子放进蚌的壳内时，蚌觉得非常不舒服，但是又无力把沙子吐出去，所以蚌面临两个选择：一是抱怨，让自己的日子很不好过；二是想办法把这粒沙子同化，使它跟自己和平共处。

蚌与珍珠

于是蚌把沙子包起来。当沙子裹上蚌的外衣时，蚌就觉得它是自己的一部分，不再是异物了。

沙子裹上的蚌成分越多，蚌越把它当做自己，就越能心平气和地和沙子相处。

蚌并没有大脑，它是无脊椎动物。这样一个没有大脑的低等动物都知道要想办法去适应一个自己无法改变的环境，人的智慧怎么会连蚌都不如呢？

珍珠的故事我听过很多，但是很少是从蚌的观点来看逆境的。人生总有很多不如意的事，如何包容它，把它同化，纳入自己的体系，使自己的日子可以过下去，恐怕是现代人最需要学的一件事。

尼布尔有一句有名的祈祷词："上帝，请赐给我们胸襟和雅量，让我们平心静气地去接受不可改变的事情；请赐给我们勇气，去改变可以改变的事情；请赐给我们智慧，去区分什么是可以改变的，什么是不可以改变的。"

我们凭什么一有挫折便怨天尤人，跟自己过不去呢？逆境是一种挑战、是一种磨炼，人类的数千年历史之所以辉煌伟大都是经历过各种逆境、磨炼所散发出来的光辉。

人生没经历过失败，是不懂珍惜成功时的珍贵；人生没经历过失去，是不懂珍惜拥有时的可贵。挫折是生命对人的一种考验，通过考验的人将光芒四射。

我的成长秘笈

弱者把挫折看做无法跨越的鸿沟，于是留下了永远的伤痛；强者把挫折看做意志的磨刀石，于是收获了成功。

第八章

用意志打磨你的成功

在日本文坛，村上春树是个"别具一格"的作家。文风异于他人，行事也如此：很少与外界往来，不属于任何作协组织。不爱抛头露面，不上电视，不作报告，采访也很有限。私生活中规中矩，有板有眼：早上5点起床，晚上10点就寝。每天写作4个小时，长跑10公里。如此这般，坚持了26年。

他每年要跑一个10公里比赛、一个半程马拉松、一个全程马拉松。迄今，他已参加马拉松比赛28次，另外还多次参加铁人三项。无论他到哪儿旅行，包里总少不了一双运动鞋。

去年10月，村上春树根据自己的长跑经历创作了传记性质的随笔集《谈论长跑的时候我说些什么》。书中，他借"跑步"这一话题，回顾了自己的写作生涯。他说，从《寻羊历险记》起，他大多数作品的灵感，都源于长跑途中。

村上说，长跑的本质和写作一样，

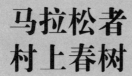

马拉松者
村上春树

趣味科学常识

肥皂水为什么能吹出泡泡

把我们平常用的肥皂溶解到水里，就可以用塑料管吹出五彩缤纷、十分美丽的泡泡。这是为什么呢？

肥皂在水里溶解后，它的分子仍然紧紧地手拉着手，而且它们的手还能伸长。我们把空气吹进去时，肥皂分子手拉得紧紧的，围成一个结实的圈儿，从外表看，这就是一个小泡泡。当更多的空气吹进去后，分子又都把胳膊伸得长长的，彼此间的距离也增大了，可它们还是紧紧地拉着手，形成一层薄薄的圈。这时我们看到的是一个很大的泡泡。

试试看，如果在肥皂水中加点糖或醋，会怎么样呢？加糖可以吹出很大的泡泡，加醋则能吹出许许多多小的肥皂泡。

就是一次又一次把自己逼到极限。唯一的对手是你自己，面对的是你内心的挣扎。

爱好运动的作家其实很多。列夫·托尔斯泰是自行车运动爱好者；杰克·伦敦、梅特林克和海明威从事过拳击运动；长期卧床的普鲁斯特打过网球，后来他把自己的球拍改成了吉他；美国的田纳西·威廉爱好游泳；英国的乔治·奥威尔酷爱足球。但他们大多把体育当做强身健体的爱好，只有村上，认定跑步具有如此深刻的精神内涵，且与写作灵魂相通。

村上给写作、跑步都立下了严格的规矩。无论灵感突发或脑中空白，写小说都要按照计划，循序渐进。至于跑步，如果哪天不想出门，他就会反问自己："你可以靠写作为生，在家里工作。不用挤火车上下班，不用开无聊的会。你没有意识到你有多幸运？这样看来，在家附近跑上一个小时就没什么，对不对？"

每次自问自答后，村上准会穿上跑鞋，毫不犹豫地跨出家门。他说，当初撰写厚达600多页的《世界尽头与冷酷仙境》时，就是靠着这几句，坚持跑步，完成了小说。村上认定，是跑步提升了他的写作高度。"33岁，是耶稣死去的年纪，是菲茨格拉德开始走下坡路的时候，而我在这个年纪开始长跑，那才是我真正作为作家的起点。"

我的成长秘笈

顽强的意志并非与生俱来，而是需要培养。良好的生活习惯不仅体现个人的志趣，也有利于事业成功。

神奇的力量

中东的一次战争使许多人沦为难民。他们纷纷涌向边境，希望逃到邻国避难。

难民们缓慢地前进着，酷热的太阳一点也没有心疼他们的意思，在头顶上不断地肆虐。让本来又累又饿的人们疲惫不堪，不知何时才能到达安全的地方。

在难民当中有一位身体虚弱的母亲，带着一个只有三岁的小女孩儿。那位虚弱的母亲摇摇欲坠就快支撑不下去了，她牵着小女孩儿，来到一位神父面前。可怜的母亲苦苦地哀求神父，请求他帮自己照顾小女孩儿，因为她觉得自己绝对无法撑到边境。

神父看着这位可怜的母亲，怜悯之心油然而生。但他不能接受那位母亲的请求，神父知道要是他答应了帮她照顾小女孩儿，她便可能走不出边境，死于战乱中，

而小女孩儿也将成为一个孤儿。同时他也知道，有一种力量一定会支撑这位母亲带着自己的女儿到达目的地。于是神父对那位母亲说道："你自己的孩子，当然要由你自己负责，我无法代劳！"虚弱的母亲听到神父这般无情的拒绝，心中不由得十分难过，含着泪转身牵着自己的孩子咬着牙跟随队伍前进。

经过几天的跋涉，他们终于通过边境到达国际红十字会建立的难民营，在那里，每个人至少有了最起码的安身之处。而那位母亲在看到红十字的标志后一下子晕倒在地，小女孩儿趴在她身上哭着喊妈妈、妈妈……

这时候神父和两位抬着担架的国际红十字会的工作人员匆匆赶了过来，将这位母亲抬到急救室里抢救。原来神父一路上一直在关注着母女俩。

母亲终于醒过来了，小女孩儿笑了，母亲也露出了笑容。

我的成长秘笈

强烈的责任感、顽强的意志力、巨大的潜能，只有在逆境中才能得以展现，才能得到升华。

外文名：Cyndi Wang

本名：王君如

国籍：中国

民族：汉

出生日期：1982年9月5日

信仰：佛教

身高：158cm

体重：41kg

职业：歌手、演员

代表作品：《睫毛弯弯》、《爱你》、《第一次爱的人》等

经纪公司：天晴音乐Day Star Music

唱片公司：金牌大风Gold Typhoon

王心凌

王心凌，本名王君如，台湾女歌手及女演员。2003年王心凌以偶像歌手身份出版首张个人专辑《Cyndi Begin》。2003年出道，2005年因甜心的歌声及甜蜜的舞步被传媒称为"甜蜜教主"。香港传媒盛传王心凌与蔡依林、张韶涵、杨丞琳并称台湾歌坛"四大教主"。

林依晨

英文名：Ariel Lin

国籍：中国

出生日期：1982年10月29日

毕业院校：台湾政治大学韩文系

职业：演员、歌手

经纪公司：周子娱乐

唱片公司：Avex（艾回）

代表作品：《爱情合约》、《恶作剧之吻》、《东方茱丽叶》、《天外飞仙》

林依晨在2000年的时候参加台北第一届捷运超美少女比赛，获得了第一名的好成绩，并借此机会踏入娱乐圈。其第一部荧幕处女作是《十八岁的约定》，成名作有《我的秘密花园》、《恶作剧之吻》、《爱情合约》等。她不仅是台湾偶像剧的收视保证，还在2008年的时候，凭借《恶作剧之吻》成为台湾金钟奖史上最年轻的得奖的女艺人，也是首位以偶像剧作品得到肯定的艺人。

"谎言"的力量

一天，5岁的约翰在大街上玩耍，由于疏忽大意，被飞驰而来的卡车撞倒了。经过医生的全力抢救，他的命算是保住了，但胳膊却都被截掉了。

两年以后，约翰到了该上学读书的年龄。但是，由于肢体残疾，他被学校拒之门外。每天早晨，约翰看着伙伴们高兴地去学校时，便感到十分伤感，他用一种求助的眼神问妈妈："我的胳膊和手都没了，怎么办呀？"妈妈拍拍孩子的肩膀，关切地说："孩子，不要着急，只要你坚持锻炼，

你的胳膊和手还会再长出来的。"听完母亲的话，约翰的脸上露出了灿烂的笑容。

在妈妈的帮助和指导下，他开始学着用脚洗脸、吃饭、写字，以及做一些力所能及的事。约翰心中充满了希望，他坚信只要努力练习，失去的胳膊和手又会再长出来。

好几年过去了，约翰发现袖口依然是空荡荡的。他感到有些疑惑，禁不住问妈妈："怎么回事呀，我的胳膊和手怎么还没有长出来呢？是不是我不够用心？"

这一次，妈妈的眼神充满了希望，温柔地说道："孩子，你好好想一想，别人用胳膊和手做的事情，你不也都会了吗？"

"是的，我用脚代替了胳膊和手，而且，有的事情比其他小伙伴做得还要好呢！"约翰自豪地说道。

"听着，孩子，每个人都有一副坚强的臂膀和一双强有力的手。而这些东西都装在自己的心里，只要你愿意，它就能帮助你战胜一切困难和挫折。"

男孩儿终于明白了，妈妈确实没有骗他，经过不断训练的胳膊和双手是永远也不会断的！从此，男孩儿更加刻苦学习，那无形的胳膊和双手帮他渡过了一次又一次的难关，最终他考上大学，并拥有了美满幸福的人生。

我的成长秘笈

有形之手支撑的只是生活，而无形之手却可以支撑生命。只要执着于坚定的信念，就能战胜一切困难。

失去一条腿后

弗兰克斯少校在柬埔寨的一次战斗中受伤,一块手榴弹片戳进了他的左腿。医生已确定为他做截肢手术。

弗兰克斯毕业于西点军校,曾是校棒球队队长。他曾下定决心终身从军,但如今看来,退伍似乎是唯一的选择。尽管弗兰克斯感到自己仍有许多东西,比如作战经验、技术知识、解决问题的能力等,可以贡献给部队,不过他也知道,受过重伤的军人很少有回到现役的。他们必须通过每年一次的健康考核,包括徒步行军两英里。弗兰克斯吃不准自己戴着假肢能否胜任那种事情。

手术后最让弗兰克斯感到悲哀的是,他再也不能在棒球场上一展雄姿了。在每周举行的棒球赛中,轮到他击球时,都得靠别人代他跑垒。

有一天在等候击球轮次时,弗兰克斯注意到一名队友滑进了第三垒。他寻思:如果我做同样的尝试,情况会怎样呢?轮到弗兰克斯时,他一棒把球击到了场中央。他挥手叫替其跑垒者让开,自己迈动僵硬的腿,开始痛苦地奔跑。在第一垒和第二垒之间,他瞅见外野手将球抛向第二垒的守垒员。他于是闭上眼,拼命使自己往前冲,一头滑进了第二垒。裁判喊道:"安全入垒!"弗兰克斯欣慰地笑了。

几年后,弗兰克斯率领一个中队穿越恶劣的地形进行战地训练。上司怀疑一位截肢者能否接受这种挑战,但弗兰克斯用行动做出了肯定的回答。"这使我跟士兵们的关系更为密切,"他说,"每当我的假肢陷入泥泞时,我就叮嘱自己,'这便是你无腿可站时的情形'。"

今天,弗兰克斯已晋升为四星上将。"失去一条腿使我认识到,限制因素的大小,取决于你的态度,"他感慨地说,"关键是要全力集中于你所拥有的,而不是你所没有的。"

我的成长秘笈

只看到自己失去的东西,势必会在悔恨中虚度一生;只有珍惜自己拥有的一切,才能创造新的生活。

拿破仑出生于一个没落的贵族家庭，家境清贫。拿破仑的父亲为了维护家门的尊严，仍以贵族的身份孤高自傲，多方筹措费用，将拿破仑送到柏林一所贵族学校上学。

那所学校的学生大多家境优裕，个个锦衣玉食，而拿破仑则衣不蔽体，十分寒酸，常常受到那些贵族子弟的欺辱。起初，拿破仑还勉强忍耐那些同学的作威作福，但后来实在忍无可忍，便写信向父亲抱怨他的苦处。信上说："因为贫穷，我已经受尽了同学们的嘲弄、调侃，我真不知应该怎样对付那些妄自尊大的同学。其实他们只是比我多

在逆境中升腾

几个臭钱罢了，在思想道德上，他们远不及我。难道我一定要在这些奢侈骄纵的纨绔子弟面前，过着低声下气的生活吗？"

父亲的回信只有短短的两句话："我们穷是穷，但是你非在那里继续读下去不不可。等你成功了，一切都将改变。"就这样，拿破仑在那个贵族学校里待了5年，直到毕业为止。在这5年里，他忍受着同学们的各种欺负凌辱，但这却更加激发了他的志气，他决心要获得最后的胜利。拿破仑决定痛下苦功、充实自己，使自己将来能够获得远在那些纨绔子弟之上的权势、财富和荣誉。

拿破仑20岁时，他的父亲去世了。这对他来说是一个沉重的打击。那时他只是一名少尉，所赚的薪水，仅够他和母亲两人勉强维持生活。在军中，拿破

专门寻求那些能使他有所成就的书来读。拿破仑在孤寂、闷热、严寒中，从不间断地苦学着，单单从各种书籍中摘录下来的文摘，就可印成一本4000多页的巨书了。此外他更把自己当成正在前线指挥作战的总司令，把科西嘉当做双方血战的必争之地，画了一张当地最详细的地图，用极精确的数学方法，计算出各处的距离远近，并标明某地应该怎样防守，某地应该怎样进攻。这种练习，使他的军事知识大大进步，终于被上级所赏识。

他首先被升任为军事教官，专教需要精确计算的课程，结果成绩十分优秀。从此，他开始步步高升，很快便获得了全国最高的权势。

仑因体格衰弱、家境贫困而处处受人轻视。因此，当同伴们利用闲暇时间自娱时，他则独自苦干，把全部精力都放在书本上，希望依靠知识和他们一争高下。拿破仑读书有着明确的目的，他不读那些平凡无用的书来消遣解闷，而是

我的成长秘笈

安逸的生活是一张温床，常使人生处于休眠状态；而逆境是人生的磨刀石，能够使人的斗志和意志得到强化。

爆笑图片·

上网真不容易啊

和小·熊一起睡

唉呀妈呀，糗大啦

舞伴

和狗狗抢食

做超人不容易啊

一心三用

这有点欺负人吧

晒得真舒服啊

话筒拿反了啦

我的生命，
我的舞

西班牙舞蹈家阿依达带着西班牙弗拉门戈舞剧《莎乐美》来中国演出，她用身体的律动表达了一种超越了欢乐和痛苦、直逼生命深处的悲情，她的舞姿给人的感觉就好像她把生命化成了一团燃烧的火焰。

看她的舞蹈，谁也想象不到她是一个病人。当年，10岁的小阿依达正劲头十足地活跃在舞台上，剧烈的背痛让她无法活动。经过诊断，她患了脊柱侧弯，而且很严重，已经弯成了S形。S形的脊柱怎么能支撑身体呢？十几个医生都给她下了禁令，要她彻底离开舞台，否则她的脊柱会越来越弯，她会越来越疼，总有一天，她会死。小姑娘不明白死意味着什么，对舞蹈的热爱让她满不在乎地回答："哦，不，我就是要跳舞，哪怕死在舞台上。"

从那以后，她就一直戴着折磨人的金属矫正器，跳啊跳，一路舞遍全世界。过海关的时候，她把矫正器从身上摘下来，搁在包里。但是过安检门时，电子警报器照样会响，搞得气氛大为紧张，于是她就把包拉开，让人看这么多年一直支撑她的钢铁骨架。

在接受水均益采访的时候，水均

益问她："跳舞的时候怎么办呢？"

"啊，"她笑着说，"跳舞的时候摘下来，跳完再戴上。"

看着面容已经不再年轻的阿依达，每个人都很明白岁月和疾病的残酷，二者联手，是不会让这个女人长久地活跃在舞台上的。

"那么，"水均益问，"你想过自己还能舞多久吗？离开了跳舞，你怎么办呢？"

阿依达露出明快的笑容："我将一直跳到实在跳不动为止。然后，我就退下来当舞蹈教师，仍旧可以活在舞蹈中间。"

水均益接着问了一个每个人都想知道的问题："对你而言，舞蹈占什么位置？"她想了一下，很诚实地回答："好多人都问过我这个问题，可是我也

脑筋急转弯

北京王府井步行街上来往最多的是什么人？
——行人。

北极熊食肉，它为什么不吃企鹅？
——吃不到，企鹅在南极。

什么样的桶子永远装不满？
——马桶。

说不好。对我来说，舞蹈就是生命，生命就是一场舞蹈，除了死亡，没有什么能阻止我一直跳下去。"

她不肯和命运讲和，她就是要跳，无论前面是鸿沟、海水，还是天堑、荆棘，她都要一路舞着过去，哪怕一路走一路鲜血淋漓。

我的成长秘笈

把艺术看做自己的生命，生命也便成了艺术。不同的是，艺术之美在于形式，而生命的意义在于坚持。

没有雨伞的孩子必须努力奔跑

小时候，我家很穷。母亲在我3岁那年，跟奶奶闹矛盾，离家打工，十几年没有回过家。我从小就跟着父亲生活，他会打一手快板。他这一辈子，也就靠这竹板，找到一些活着的乐趣。

因为家里穷，我读书的钱，都是向村里的大叔大伯们借的。后来，有一位城里的阿姨，通过希望工程资助我上学。我还记得上初二时，夏天到了，我唯一的一双布鞋破了，脚趾从里面露出来。第三节是体育课，为了不让同学们看笑话，我偷偷地把半张报纸折好，垫进鞋子里。可是在跳远时，我用力一蹬，随着溅起的黄沙，我的一双布鞋彻底寿终正寝了——鞋帮与鞋底脱离，半个脚掌露了出来。

"轰"的一声，同学们都笑起来，我面红耳赤。我知道家里穷，不敢向父亲开口。那时我多想要一双塑料凉鞋呀，同学们都穿着漂亮的凉鞋，有的还穿着丝袜。而我自己呢？只能一直赤脚上学。

有一天傍晚，快放学了，班主任程老师把我叫到办公室。她翻开一沓试卷，告诉我数学考了100分。我高兴极了。程老师拉开抽屉，从办公桌里掏出一个纸盒，笑着对我说："拿去吧，这是你的奖品！"我打开，竟然是一双崭新的凉鞋。

从那时开始，我下定决心，要好好读书。我的成绩一直保持在班里的前10名，直到高三。填报大学志愿时，我矛盾了很久。家里的情况，只允许我上军校，因为上军校是免学费的。这几年读书，家里已经债台高筑。但

幽默乐翻天

马里什同爸爸去看田径赛。

"爸爸，为什么这些叔叔都跑得这么快呢？"

"这是在比赛，谁跑第一谁就是冠军，还可以拿到奖品。"

"可后面那些人为什么还跑呢？他们能得到什么呢？"

我自己却希望成为一名演员。

在学校除了读书，我还参加了好几个社团，经常给同学们表演快板、小品什么的。可是我不会跳舞，不会弹钢琴，也不会声乐。程老师说："你嗓子好，可以试试考表演。"离考试只有一个月，我就天天对着学校的VCD学。艺术考试时，我表演了一段快板，让考官们非常感兴趣。我就这样进了当时的北京广播学院。全国有8000多人在争20个名额，我这样一个农村小子，却进了"北广"！到北京上大学以前，我一无所有，什么都不懂。电影都没看过几部，邻居家里的黑白电视机也只能收到一个台。到了北京，和人说话都会紧张……但是我告诉自己，要挺住，要坚强。刚进校时，班上23个同学，我排在第16名，一年下来，我成为第一名。

从大一开始，我就打工挣自己的生活费。我给公司搞商业演出，也给一些电影电视剧当群众演员，早上5点半等在制片厂门口，干上一天，半夜回来，报酬是20元工钱和一份快餐。班上的同学几乎都来自城市，有的家境好，有的是艺术世家，吃穿不用愁，机会也多。我没有，我必须从演每一个小角色做起。演完时，导演能问一下我的名字，那就是我最大的成功，因为也许下次我会有更好的机会。

大一那一年，中央电视台"梦想剧场"做我们学校的专场，导演来选人，我被选上了。导演很欣赏我的表演，后来让我一起做栏目，还担任了一段时间副导演。那段时间我每个月平均有10天在拍戏、配音。每天的生活，就是不间断地干活、干活、再干活，多的时候一天能挣到1000元钱。闲暇时，我给父亲写信，告诉他：上学贷的款，年底就能还清了。父亲看到，一定会很开心。

到现在，我还珍藏着那双凉鞋。我永远记得程老师送我鞋子的时候，额外叮嘱我的几句话："你是一个没有雨伞的孩子，下大雨时，人家可以撑着伞慢慢走，但你必须跑……"

是的！我会一直跑下去。

我的成长秘笈

笨鸟先飞，勤能补拙。在人生的赛道上，起点在哪里并不重要，重要的是奔跑的方向和速度。

娅丽是一个很有事业心的人，她在一家业务公司一干就是5年，从一个刚毕业的大学生一直做到分公司的总经理职位。

在这5年里，公司逐渐成为同行业中的佼佼者，娅丽也为公司付出了许多，她很希望通过自己的努力将企业带入一个更加成功的境况。然而就在她拼命工作的时候，她发现总经理变了，变得不思进取、对自己渐渐地不信任。不久，总经理把娅丽解雇了。

从公司出来后，娅丽并没有气馁，她对自己的工作能力还是充满了信心。不久，娅丽发现有一家大型企业正在招聘一名业务经理，于是将自己的简历寄给了这家企业，没过几天她就接到面试通知，然后便是和老总面谈，最终顺利拿下了这一职位。工作了大约一个月，娅丽觉得自己十分欣赏公司总经理的气魄和工作能力。同时，她也感到总经理同样十分赏识她的才华与能力。在工作之余，总经理经常约她一起去游泳、打保龄球或者参加一些商务酒会。

在工作中，娅丽发现公司的企业图标设计相当繁琐，虽然有美感，但却缺乏应有的视觉冲击力，便大胆地向总经理提出

打开另一扇门

更换图标的建议。没想到其实总经理也早有此意，总经理把这件事安排给她去完成。为了把这项工作做好，娅丽亲自求助于图标设计方面的专业人士，从他们设计的作品中选出了比较满意的一件。当她把设计方案交给总经理的时候，总经理大加赞赏，立刻升她为公司副总，薪水增加了一倍。

是的，被解雇并不是一件坏事，娅丽面对无情的解雇，她一样凭借着才能找到了更适合自己的工作，而且得到了一位真正的"伯乐"的赏识。

我的成长秘笈

塞翁失马的故事告诉我们，坏事和好事可以互相转化。只有乐观自信、敢于坚持的人，才能等到转运的时刻。

勤奋智慧的人生

希顿出生于金斯敦的一个穷苦人家。因为破产，受到打击后的父亲疯了，希顿也由于父亲的不幸开始了不同寻常的生活。

他几乎没有受过什么学校教育，终日游荡，染上了许多坏习惯，幸运的是他没有被这些恶习毁掉。为了讨一口饭吃，他不得不在他叔叔开的一个小饭馆里干活。他把酒装进瓶子里，把瓶子塞好，然后把瓶子装到箱子里。这样的活计他一连干了五年。由于他的身体日渐衰弱，人也变得有气无力，他叔叔便把他赶出了店门，他又开始四处流浪。

在此后的七年，希顿饱尝了人世间的人情冷暖、世态炎凉，看惯了潮起潮落、盛衰轮回，也经历了难以言说的酸甜苦辣。

他曾在自传中说："我花了18便士租了一间又阴暗又潮湿的房子。在寒冷的冬天，我生不起火，只好孤身一人躲在被子里，除了偶尔听听窗外的凄风苦雨外，我只能在书本中寻寻觅觅。"

后来他有幸在一家叫做伦敦餐馆的地方找到了一份工作，从早上7点到晚上11点他得待在地窖里工作。他很庆幸自己找到这份"美差"，但长期禁闭在地窖里不见天日，加上繁重的工作，使他的身体垮了下来，他只得丢下这个能勉强维持生活的饭碗。

不久，他又从事代理人的工作，每周赚15先令的薪水。在此之前，他曾利用业余时间练字，他的书法很漂亮，这是他这一次能当代理人的资本。工作之余，他把闲暇时间都用来逛书店。他买不起书，只能一段一段地读、记。长年累月，他积累了深厚的文学知识。后来，他换到了另外一个办公室，在这里，他每周可获得20先令的"丰厚报酬"——这只是对他而言。他仍然埋头学习、研究。在28岁那年，他写了一本《熙泽奇遇》，得以发表。

从那时起一直到死，在漫漫55年中，希顿一直从事辛苦的文学创作。他发表的著作有87本之多，最重要的著作是《英格兰大教堂古迹》。该著作共计14卷，是一部光彩夺目的辉煌之作，也是约翰·希顿勤劳辛酸一生的纪念碑，在这块碑上写有四个字：勤奋、智慧。

我的成长秘笈

对于有进取精神的人来说，苦难的生活是一笔财富。只要热爱学习，勇于付出，总会迎来苦尽甘来的时刻。

差点自杀的世界巨星

18岁那年，英格丽·褒曼的梦想是在戏剧界成名。但是，她的监护人奥图叔叔却要让她当一名售货员或者秘书。两人为此争执不下，最后奥图叔叔答应给她一次参加皇家戏剧学校考试的机会，英格丽·褒曼如果考不上就必须服从他的安排。

为了能考上皇家戏剧学校，英格丽·褒曼颇费了一番心思。一方面，她自己精心准备了一个小品，扮演一个快乐的农家少女逗弄一个农村小伙子。少女比小伙子还大胆，她跳过小溪向他走去，手叉着腰，朝着他哈哈大笑。她反复认真地排练这个小品。

另一方面，在考试的前几天，她给皇家戏剧学校寄去一个棕色的信封，如果落选了，棕色的信封就退回来；如果通过了，学校就会给她寄来一个白色信封，告诉她下次考试的日期。

考试的时候，英格丽·褒曼从后台跑两步往空中一跳就到了舞台的正中，欢快地大笑，接着说出第一句台词。这时，她很快地瞥了评判员一眼，惊讶地发现评判

幽默乐翻天

美国游客准备第一次去丛林狩猎，满怀信心地认为自己能处理各种特殊情况。

他问当地有经验的向导："我听说拿火把能避开狮子。"

向导回答："没错，但这要看你拿火把时跑多快了。"

员们正在聊天，相互大声地谈论着，比画着。见此情景，英格丽·褒曼非常沮丧，连台词也忘掉了。她只听到评判团主席对她说："停止吧！谢谢你，小姐，下一个，下一个请开始。"

英格丽·褒曼听到这句话后彻底失望了，她好像什么也看不见，什么也听不见了，在舞台上待了30秒就匆匆下台，她感到自己唯一能做的一件事就是去投河自杀。

她站在河边，准备结束自己的生命。她把目光投到河面上，看到水是暗黑色的，发着油光，脏得很。她猛然想到，等她死了以后，别人把她拖上岸后身上会沾满脏东西。她又犹豫了："唔！这样不行。"于是她放弃了自杀的念头，回家去了。

第二天，学校给她送去了白信封。白信封！她有了白信封！她真的拿到了参加复试的白信封。

多年后，已成为明星的英格丽·褒曼碰见了那位评判员。闲聊之际她便问道："请告诉我，为什么在初试时你们对我那么不好？就因为你们那么不喜欢我，我曾经想去自杀。"

"不喜欢你？"那位评判员瞪大眼睛望着她，"亲爱的姑娘，你真是疯了！就在你从舞台侧翼跳出来，来到舞台上，站在

趣味科学常识

高速公路为什么不是笔直的

有人说："汽车在笔直的高速公路上飞驰。"这句话是错的。为什么呢？因为任何一条高速公路都不是笔直的。

高速公路上没有其他景物，也没有红绿灯。司机如果在笔直的高速公路上行驶，可以看得很远很远，也可以在不改变车速的情况下连续高速行驶。如果眼睛、思维和身体始终保持一种不变的状态，司机很快就会感到疲劳，注意力也很难集中，甚至看不清远处的物体，这很容易发生交通事故。为了解决这个问题，高速公路要按规定修建出弯道，而且弯度较大。司机每逢拐弯处都会集中精力，振作精神。这样就减少了司机的疲劳感，避免了事故的发生。

那儿冲着我们笑的那一瞬间，我们就彼此互相说着：'好了，她被选中了，看看她是多么自信！看看她的台风！我们不需要再浪费一秒钟了，还有十几人要测试呢！叫下一个吧！'"

梦想与我们相伴终生，千万不可轻易放弃。哪怕是孤身漂泊在茫茫汪洋之中，只要还能抓住一块浮木，就在上面写上"梦想"两字，只要还有生的希望，就应该让梦想生死与共。

我的成长秘笈

人生无论遇到多大的困难，都不能轻言放弃，要记住自己最初的梦想。活着，梦想总有实现的可能。

紫博拉是一位精力充沛、热爱冒险的女性，但她可不是一开始就是这个样子。她是经过一个自我认定的转变才成为现在这个样子的。

从小时候起，她就一直是个胆小鬼，不敢做任何运动，凡是可能受伤的活动她一概不碰。

在参加过几次发挥潜能的研讨会后，她有了一些新的运动经验：潜水、赤足过火和高空跳伞，从而知道自己事实上可以做到一些事，只要有一些压力即可。虽然她是这么想的，可是这些体验还不足以改变她先前的自我认定，顶多自认为是个"有勇气高空跳伞的胆小鬼"。依她的说法，当时转变还没发生，可是她有所不知，事实上转变已经开始。她说其他的人都很羡慕她那些表现，告诉她："我真希望也能有你那样的胆子，敢尝试这么多的冒险活动。"一开始，她对大家夸奖的话的确很高兴，听多了之后她便不得不质疑起来，是不是我以前错估了自己。

随后，紫博拉开始把痛苦跟胆小鬼的想法连在一块儿，因为她知道胆小鬼的信念使自己受限，因此她决心不再把自己想成是个胆小鬼。事情并不是这么说说便完了，事实上她的内心有很强烈的争战，一方是她那些

高空跳伞的体验

幽默乐翻天

一旅行者归来，他向人们讲述他在撒哈拉沙漠中的经历。

旅行者说："有一次外出，在野外我突然遇上了一头狮子，于是我赶忙爬上了一棵高高的橡树。"

他的一位朋友连忙说："可是要知道，撒哈拉那里根本不长橡树啊！"

"咳！"旅行者顿了一下，答道，"当时情况那么紧急，谁还考虑这个呢？"

制造日期与有效日期是同一天的产品是什么？？
—— 报纸。

公共汽车上，两个人正在热烈的交谈，可围观的人却一句话也听不到，这是为什么？
—— 这是一对聋哑人。

早晨醒来，每个人都要做的第一件事是什么？
—— 睁开眼睛。

朋友对她的看法，另一方是她对自己的认定，两方并不相符。

后来又有一次要高空跳伞，她把它当成是改变自我认定的机会，要从"我可能"变成"我能够"，从而让想冒险的企图扩大为敢于冒险的信念。

当飞机攀升到1.25万英尺（1英尺=0.3048米）的高空时，紫博拉望着那些没什么跳伞经验的队友，多数人都极力压抑着内心的恐惧，故意装作兴致很高的样子。她告诉自己："他们现在的样子正是过去的我，而此刻我已不属于他们那一群，今天我可要好好地玩一玩。"她运用了他们的恐惧，来强化出她希望变成的新角色，她心里说道："那就是我过去的反应。"随之，她很惊讶地发现自己刚刚经历了重大的转变，她不再是个胆小鬼，而成为一个敢冒险、有能力、正要去享受人生的女性。

她是第一位跳出飞机的队员。下降时，她一路兴奋地高声狂呼，似乎这辈子就从没有过这么兴奋和有活力。她之所以能够跨出那一步，主要的原因就在于，她一下子采取了新的自我认定，从而自心底想好好表现，以作为其他跳伞者的好榜样。

紫博拉的转变很完全，因为新的体验使她能一步步淡化掉旧的自我认定，从而做出决定，去拓展更大的可能。

我的成长秘笈

在困难和挑战面前，最大的敌人便是自己。只要能克服恐惧或畏难心理，就掌握了取得胜利的先机。

克尔的坚持

Yeah!

克尔曾经是一家报社的职员。他刚到报社当广告业务员时，对自己很有信心，他向经理提出不要薪水，只按广告费抽取佣金的要求。经理答应了他的请求。

于是，他列出一份名单，准备去拜访一些很特别的客户。公司里的业务员都认为那些客户是不可能与他们合作的。

在去拜访这些客户前，克尔把自己关在屋里，站在镜子前，把名单上的客户念了10遍，然后对自己说："在本月之前，你们将向我购买广告版面。"

他怀着坚定的信心去拜访客户，第一天，他和20个"不可能的"客户中的3个谈成了交易；在第一个星期的另外几天，他又成交了两笔交易；到第一个月的月底，20个客户只有一个还不买他的广告版面。

在第二个月里，克尔没有去拜访新客户，每天早晨，那拒绝买他的广告版面的客户的商店一开门，他就进去请这个商人做广告，而每天早晨，这位商人都回答说："不！"每一次，当这位商人说"不"时，克尔就假装没听到，然后继续前去拜访。到那个月的最后一天，对克尔已经连着说了30天"不"的商人说："你已经浪费了一个月的时间来请求我买你的广告版面，我现在想知道的是，你为何要坚持这样做。"

克尔说："我并没浪费时间，我等于在上学，而你就是我的老师，我一直在训练自己在逆境中的坚持精神。"那位商人点点头，接着克尔的话说："我也要向你承认，我也等于在上学，而你就是我的老师。你已经教会了我坚持到底这一课，对我来说，这比金钱更有价值，为了向你表示我的感激，我要买你的一个广告版面，当做我付给你的学费。"

我的成长秘笈

每个人都渴望成功，但只有懂得坚持的人才能把梦想变成现实。坚持到底未必会成功，但中途放弃注定会失败。

温柔阿姨型

这类老师说话总是和和气气的，从不生气，也不发火，她只会深情款款地盯着你，直到你羞愧地低下头为止。

我们初中的语文老师就是这种类型，二十岁左右的江南小女子一个，和我们讲课特温柔："同学们，你们这里看懂了吗？还有没明白的吗？哦，都知道了哦。好，我们开始往下讲。有问题可以举手和我说的。"好像我们都是幼儿园的小朋友，所以大家都偷偷地用"阿姨"来称呼她。

春蚕到死丝方尽型

这种老师一心一意扑在教学上，真心视孩子为幼苗，小心翼翼地培育。他们不在乎自己的所得所失，在意的是学生的进步和成长。

小学一年级到三年级，我遇上的就是一位这样的老师，她五十多岁，讲课的情形我已经记不清楚了，只记得她的缕缕白头发和每到期末她自己掏钱给进步的或考得好的孩子买钢笔。我总觉得，在以后的学习生活中，不管我怎样，都从不敢不尊敬老师，很大原因在于她给我幼小的心灵打上了一个老师为了孩子慢慢老去的烙印。

不修边幅型

这又是一种类型的男老师，从不梳头，三天换件衣服是常事。据一位朋友介绍，他们高中班曾经有位数学老师，为人极其随便，一次上课，裤子忘记拉上拉链，坐在前排的她真是低头看书不是、抬头听讲也不是，坐立不安熬了大半节课。后来还是男生笑够了，才提醒老师，结果那位老师"哦"了一声，抬手拉上拉链继续讲课，我那位朋友看得是目瞪口呆。

滔滔不绝型

这类老师讲课像是在赶场，很忙，一节课下来，感觉说话都不用喘气，噼里啪啦，犹如滔滔江水连绵不绝，学生只管面无表情地听着就行。结束语一般就是："由于时间关系，这小节就不讲了，那些内容回去看看就行了，不过考试的时候还是会考……"汗！

冬天不要砍树

一个孩子与父亲一起来到一个小农场。孩子在玩耍时发现几棵无花果树中有一棵已经死了。它的树皮已经剥落，枝干也不再呈暗青色，完全枯黄了。孩子伸手碰了一下，只听"咔嚓"一声，枝干折断了。

孩子对爸爸说："爸爸，那棵树早就死了，把它砍了吧！我们再种一棵。"可是爸爸阻止了他。他说："孩子，也许它的确是不行了。但是，冬天过去之后它可能还会萌芽抽枝的——它正在养精蓄锐呢！记住，孩子，冬天不要砍树。"

果然，不出父亲所料，第二年春天，

那棵好像已经死去的无花果树居然真的重新萌生新芽，和其他树一样在春天里展露出生机。其实这棵树真正死去的只是几根枝杈，到了春天，整棵树枝繁叶茂，绿荫宜人，和其他的伙伴并没什么差别。

那个昔日的孩子后来成了一名小学教师。在他20多年的教学生涯中，他不止一次地遇到类似的情形。小时候背起字母来都结结巴巴的皮埃尔，后来竟成了一位小有名气的律师；而当年那位最淘气、成绩差得一塌糊涂的巴斯克，后来是大学的优等生，毕业后自己创办了一家红火的公司。

最不可思议的是自己的儿子布朗。他幼时不幸患了小儿麻痹症，几乎成了废人。可是小学教师记住了爸爸的话，不放弃对儿子的希望，一直鼓励他不要灰心丧气。现在，布朗顺利地完成了大学课程，担任了公共图书馆的管理员。要知道，布朗只有左手的3个手指能动弹，就是扶一扶鼻梁上的眼镜也十分困难！

"冬天不要砍树"这句话一直鼓舞着当年的那个小男孩。每当遇到让他沮丧伤怀的事时，他都靠着这句话顺利地渡过了一个又一个家庭和事业上的危机。只要不轻易放弃，凡事都有转机。

我的成长秘笈

未来是个未知数，坚定执着，就会等到事情出现转机；而轻言放弃，则会断送美好的未来。

你该转弯了

在联合国总部大楼，联合国秘书长接待了一个特殊人物，他就是曾经驰骋美国影坛的电影明星、"超人"克里斯托弗·里夫。

里夫因作为美国大片《超人》的主角而蜚声国际影坛。然而，正当他在好莱坞风光无限时，一场横祸改变了他的人生。在一场激烈的马术比赛中，他意外地摔了个"倒栽葱"。转眼间，这位世人心目中的"超人"，变成了一个永远固定在轮椅上的高位截瘫患者。当他从昏迷中苏醒过来，第一句话就是：让我早日解脱吧！

为了平缓他肉体和精神的伤痛，妻子带他外出旅行。在蜿蜒曲折的盘山公路上，里夫突然发现，每当看起来前面没有路时，就会出现一块"前方转弯！"的警示牌。而每拐过弯之后，前方顿时柳暗花明，豁然开朗。

"前方转弯！前方转弯！前方转弯！……"这几个大字一次次冲击着他的眼球，也渐渐叩开了他紧闭的心扉：原来，不是路已到了尽头，而是该转弯了！他恍然大悟，冲着妻子大喊："我要回去，我还有路要走！"

一年后，里夫回来了。他以轮椅代步又做了演员，一举获得"电视电影奖"最佳演员奖；他还当起了导演，执导的《黄昏》获得多种奖项及5项艾美奖提名；他当了作家，他的自传《仍然是我》一问世就成为畅销书，并赢得格莱美最佳口语文学奖；他还设立了干细胞研究中心，获得重大科研成果；他成为全身瘫痪协会理事长，四处奔走，举办演讲会，为残障人士的福利事业筹募善款。

以《十年来，他依然是超人》为题，美国《时代周刊》对克里斯托弗·里夫进行了专访。采访中，里夫在回顾自己的心路历程时说："原来，不幸降临的时候，并不是路已到了尽头，而是在提醒你——你该转弯了。"

我的成长秘笈

不幸降临的时候，并不是路已到了尽头，学会调整人生的方向，就会看到别样的风景。

在一个小酒吧里，一位年轻的小伙子正在用心地弹奏钢琴。每天晚上都有不少客人慕名而来，认真倾听他的弹奏。可是一天晚上，一位中年顾客在听了他弹奏的几首曲子后，对小伙子说："我每天都来听你弹奏这些曲子，不如你来唱首歌给我们听听吧。"这位顾客的提议立刻获得了其他人的赞同，大家都纷纷要求小伙子唱歌。

然而，小伙子却变得腼腆起来，他抱歉地对大家说："对不起，我从小就学习

逼出来的爵士歌王

弹奏钢琴，从来也没有学过唱歌，恐怕会唱得很难听的。"那位中年顾客却鼓励他说："年轻人，或许连你自己也不知道你是个歌唱天才呢！"小伙子固执地认为大家只是想看他出丑，于是坚持说只会弹琴，不会唱歌。这时，酒吧老板看到顾客们的热情期待，就走过来对他说："你要么唱歌，要么只能另谋出路了。"

小伙子迫于生计，只好被逼得红着脸给大家唱了一曲《蒙娜丽莎》。哪知道他这一唱，所有人都被他那自然流畅而且男人味十足的唱腔给迷住了。小伙子这才发现自己的嗓音这么好。之后，他才开始审视自己：做一个钢琴手，在酒吧里弹琴，就这样庸庸碌碌地过完这一生？想到这些他无比痛苦，他想：我可以成为第一！我可以取得一些成就。

在大家的鼓励下，小伙子开始向流行歌坛进军。虽然不断遭遇挫折，但是他没有退缩，每一次遭遇困难的时候，他都问自己：这就是我想要的结果吗？难道我要回去做一个酒吧的钢琴手吗？不！不是的。这种力量支持着他，这个小伙子后来居然成为美国著名的爵士歌王，他就是著名的歌手纳京高。

要不是那次被迫开口一唱，纳京高可能永远都只是坐在酒吧里的一个三流钢琴演奏者而已。

我的成长秘笈

多一些开拓精神，打开自己的视野，不要惧怕变化和挑战，或许你会在别的领域做得更好。